리제롯테
Liselotte

나라의 재상을 맡은 공작가의 영애. 기사학과.
레온의 여동생인 레오네에게
쌀쌀맞은 태도를 보인다.

라티
Lahti

잉스리스와 마찬가지로 종기사학과인 남학생.
플라이 기어의 조종 실력이
잉그리스보다도 뛰어나다.

프람
Pullum

늘 라티에게 달라붙어 있는 기사학과 여학생.
라티에게 다가오는 여자가 있으면
날카로운 눈으로 노려본다.

레오네
Leone

배신한 성기사 레온의
여동생. 기사학과.
잉그리스, 라피니아와
사이가 좋아져 함께 다닌다.

라피니아
(라니)
Rafinha
잉그리스의 소꿉친구로, 후작가의 딸.
마인 보유자로,
기사학과에 입학했다.

학원 생활과 자기 단련을
즐기는 잉그리스,
개성이 풍부한 동급생들과
우호를 다지다.

잉그리스
(크리스)
Inglis
먼 미래에 미소녀로 전생한 전 영웅왕.
마인이 없어서
종기사학과에 입학했다.

"오랜만이네."

파티에 초대받은 잉그리스,
두 명의 하이랄 메나스와
함께 쇼핑을 가다……?

"소문 들었어!
다들 대활약이었다면서?"

에리스
Eris

하이랄 메나스라 불리는 특급 마인의 무구.
평소에는 소녀의 모습이지만,
무기로 변신할 수 있다.

리플
Ripple

에리스와 마찬가지로
기사단 소속의 하이랄 메나스.
소수민족인 수인종으로,
강아지 귀와 꼬리가 있다.

커버 그림, 본문 일러스트 | Nagu

Eiyu-oh,
Bu wo Kiwameru tame
Tensei su.
Soshite, Sekai Saikyou no
Minarai Kisi "우".

CONTENTS

　왕도의 기사 학교인 '카이랄 왕립 기사 아카데미'의 입학식 날이 다가왔다.

　"하이랜드에서 플라이 기어를 공급해 주기 시작했다는 사실은 다들 알고 있을 테지. 앞으로는 기사의 운용과 전술에도 커다란 변화가 찾아올 것이다. 제군들이 그 첨단에 서서 새로운 시대를 개척해 나가길 기대하고 있다……!"

　현재 단상에서는 화려한 의상과 망토를 걸친 금발의 미청년이 늘어선 신입생들을 향해 격려의 말을 보내고 있었다.

　나이는 라파엘보다 조금 많아 보였다. 바로 이 인물이 라파엘의 상사인 웨인 왕자였다.

　젊고 우아한 청년이다 보니 주변 여학생들로부터 뜨거운 시선이 쏟아졌다.

　얼어붙은 프리즈마를 운송시키는 작전을 생각해 냈을 정도다. 겉모습뿐만 아니라 내용물도 제법 쓸만한 인물임이 틀림없었다.

　이 기사 아카데미의 교육 과정은 총 3년으로 이루어져 있다. 성적이 우수한 자는 월반도 가능했다.

　또, 입학한 학생들은 귀족과 기사의 자제들이 대다수였다.

　가끔 평민 출신도 섞여 있었는데, 이들은 하나같이 좋은 마인을 가지고 있었다.

　평민이라도 좋은 마인을 타고났다면 귀족의 후원을 받아 학교에 들어올 수 있다고 한다.

그리고 이 학교는 다른 나라의 유학생을 받기도 하는 모양이었다. 잉그리스는 이번 입학자 중에도 몇 명인가 있다는 이야기를 들었다.

"와. 웨인 왕자는 멋있는 사람이구나."

"라니, 공부하러 왔으니까 한눈팔면 못써."

"한눈이라니? 멋있다고 칭찬하는 것뿐인걸."

"안 돼. 라니한테는 아직 일러. 안 된다면 안 되는 줄 알아."

"알았어. 이럴 때는 꼭 까다롭다니까…… 크리스는."

"다투지들 마. 뭐, 나도 웨인 왕자는 멋있다고 생각해. 잉그리스는 안 그래?"

레오네가 물었다.

"딱히."

"그러면 잉그리스는 따로 멋있다고 생각한 사람 있어?"

"그, 글쎄……?"

대답이 궁해지는 질문이었다.

잉그리스는 남성을 이성으로 바라볼 수 없는 인간이었다.

"……얼마 전에 봤던 프리즈마 정도? 강해 보였거든."

"그건 사람이 아니잖아! 이해가 안 되네! 그렇게 예쁜데 남자한테 전혀 흥미가 없어?"

"응. 없어."

"아아~ 아깝다, 아까워. 내가 크리스처럼 예뻤다면 남자친구를 잔뜩 만들어서 떵떵거렸을 텐데."

"아하하, 설마…… . 아니, 잉그리스는 어른스럽게 생겼으니까 충분히 가능하겠다."

"무슨 소리를 하는 거야, 라니. 남자친구는 절대 안 돼."

"이런 점은 어른스럽다 못해 우리 부모님 같지만."

"라니를 감시하는 것도 종기사의 일이거든."

대화를 나누는 사이 웨인 왕자의 연설도 끝난 듯했다. 진행을 맡은 교관이 큰 목소리로 외쳤다.

"그럼 지금부터 웨인 전하께서 우리 아카데미의 문장이 새겨진 명패를 수여해 주실 거다! 이름을 불린 학생은 단상으로 올라오도록!"

웨인 왕자는 단상으로 올라온 학생 한 명, 한 명과 대화를 나누었다.

왕자가 직접 말을 걸어주는 것을 명예라고 생각하며 눈을 반짝이는 자들도 많이 있었다.

왕자는 인심 장악에도 여념이 없는 듯했다.

"라피니아 빌포드!"

이름을 불린 라피니아가 단상 위로 올라갔다.

그녀가 성기사 라파엘의 동생이라는 것은 모두가 아는 사실이었다.

곧바로 신입생들 사이에서 약간의 술렁임이 일었다.

"저 애가 바로 성기사 라파엘 님의 여동생인가! 꽤 귀여운걸."

"저 애도 상급 마인이라며? 대단한 남매야."

"저 아이하고 친해지면 라파엘 님과 만날 수 있을지도……!"

그 반응을 지켜보던 웨인 왕자는 단상으로 올라온 라피니아에게 말을 걸었다.

"반갑다. 네가 바로 라파엘의 여동생이지? 무척 닮았는걸. 라파엘에게는 항상 신세를 지고 있다."

"저, 저희 오라버니야말로 늘 신세가 많습니다."

"라파엘의 여동생이라면 내 여동생인 거나 마찬가지다. 곤란한 일이 있거든 뭐든지 말해라. 힘이 닿는 데까지 도와주마."

"감사합니다."

"라파엘의 여동생이라는 소문으로 주변이 소란스러울 테지만, 신경 쓰지 말고 느긋하게 지내도록 해. 라파엘도 그걸 바라고 있을 테니까."

"네, 알겠습니다!"

그렇게 라피니아는 원래 자리로 되돌아갔다.

"잉그리스 유크스!"

라피니아와 엇갈리듯 잉그리스가 단상으로 올라가자 또다시 신입생들이 술렁였다.

"우와……. 저렇게 예쁜 애는 처음 봤어."

"정말. 그런데 마인이 없네. 종기사학과인가?"

"저만큼 귀여우면 어디로든 시집갈 수 있을 텐데. 특이한 아이네."

웨인 왕자 앞에 선 잉그리스는 정중하게 인사를 했다.

"음, 너는…… 라피니아의 사촌이던가?"

"네, 말씀하신 대로입니다."

"종기사인 너희들의 힘을 효율적으로 활용하는 것이 앞으로 있을 싸움의 핵심이다. 비록 마인은 없을지 몰라도, 너희들이 가능성을 증명해 준다면 많은 이들에게 새로운 기회가 열릴 테지. 그런 의미에서 본다면 미래는 너희에게 달려있다고 해도 과언이 아니다. 열심히 해주길 바란다. 그리고 라피니아 양도 잘 부탁하마. 네가 보좌를 맡고 있지?"

아무래도 귀족이나 기사들이 신뢰하는 인물을 자녀의 보좌로 붙여 종기사학과로 보내는 경우는 드물지 않은 모양이었다.

그렇게 종기사가 된 이들은 주인을 태우고 플라이 기어를 몰게 되리라.

"네. 미력한 몸이나마 최선을 다하겠습니다."

그렇게 잉그리스가 웨인 왕자의 앞에서 물러나고 얼마 후.

"레오네 오르파!"

이때 일어난 술렁임은 라피니아 때와도, 잉그리스 때와도 또 달랐다.

"어, 어이. 오르파라면 바로 그……?"

"배신자 레온의 여동생……?!"

"잘도 이런 곳에 발을 들였구나……!"

웨인 왕자가 눈앞에 선 레오네에게 말을 걸었다.

"미안하다. 레오네. 저런 목소리가 나오는 데는 내 잘못도 있다. 하이랜더가 저지른 소행에 제대로 항변하지 못한 우리의……."

"아, 아닙니다……. 사과하실 필요 없어요. 저희 오라버니를 붙잡아서 오르파 가문의 오명을 씻으면 될 뿐입니다."

"으음. 레온은 레온, 너는 너다. 나는 너를 믿고 있다. 네 미래가 빛나는 길로 이어지기를 바라고 있으마. 저들의 목소리에 지지 않고 정진해 주길 바란다."

"예……!"

그리하여 입학식이 끝나고, 곧바로 수업이 시작되었다.

원래 신입생들은 기사학과와 종기사학과로 나뉘어 수업을 받지만, 오늘은 구분 없이 모두가 학교 운동장에 모여 있었다.

운동장에는 돌로 만들어진 거대한 원형 투기장이 있었다. 투기장 중심에는 한 명의 젊은 여성이 서 있었는데, 손에는 마인무구로 보이는 지팡이를 쥐고 있었다.

하늘하늘한 디자인의 로브를 두른 연갈색 머리의 미인이었다.

작은 안경과 생글생글한 표정이 인상적이었다.

"처음 뵙겠어요. 여러분~. 저는 교장인 밀리에라라고 해요. 앞으로 잘 부탁드려요!"

그러고 보니, 아까 입학식에서는 교장의 모습이 보이지 않았다.

설마 이렇게 젊고 가벼운 분위기의 여성이 교장일 줄이야.

다만, 밀리에라 교장의 손에서는 특급 마인이 빛을 발하고 있었다.

성기사임을 나타내는 증표. 즉, 평범한 인물은 아니라는 뜻이었다.

"그럼 귀찮은 절차는 생략하고 곧바로 오리엔테이션을 시작할게요! 이 아카데미의 수업 내용을 하나씩 소개해 드릴 테니, 먼저 다들 준비 운동을 해주세요. 그럼, 여러분. 제가 있는 투기장으로 올라오세요. 아 참, 기사학과 학생은 마인무구를 가지고 올라오시면 안 돼요~."

밀리에라 교장이 학생들에게 말했다.

"……나쁘지 않은걸. 재밌어 보여."

잉그리스는 투기장 위로 가뿐히 뛰어올랐다.

쿠구웅!

"?! 무슨……?!"

투기장에 들어간 순간 몸이 납덩이처럼 무거워졌다. 불안정하게 착지하는 바람에 잉그리스는 몇 걸음 헛발을 내디뎌야 했다.

"으어어어억…… 무, 무거워……!"

"서, 설 수가 없어……!"

"안 움직여!"

주위를 둘러보니 바닥에 무릎을 짚은 채 움직이지 못하는 자들이 속출하고 있었다.

"마인무구로 만들어 낸 중력장이에요. 훈련 중에는 계속 펼쳐놓고 있을 예정이니 얼른 익숙해지도록 하세요~. 우리 학생이 전장의 이슬이 되면 슬프잖아요? 그러니 아무도 슬픈 일을 당하지 않도록 단련, 단련, 또 단련시켜 드릴게요♪"

교장의 말에 신입생들은 "혹시 위험한 곳에 와버린 게 아닐까" 하고 생각하는 모양이었지만 잉그리스로서는 대환영이었다.

특히 이 몸을 무겁게 만들어 주는 마나의 움직임이 훌륭했다.

밀리에라 교장이 들고 있는 지팡이의 능력일까.

만약 잉그리스가 이 능력을 터득한다면 마나의 제어와 신체 단련이라는 일석이조의 효과를 볼 수 있을 것이다.

"오오, 대단해……! 멋진 학교야!"

이 마법만큼은 꼭 익히고 싶었다.

잉그리스는 곧장 자신을 둘러싼 마나의 배치와 흐름의 패턴을 분석하는 데 몰두했다.

"꺄아아아악! 뭐야 이게? 무거워어!"

라피니아는 서 있는 것이 고작인 듯했다.

"마인무구 없이는 꽤 버겁겠는걸! 좋은 훈련 같기는 하지만!"

레오네는 조금 더 여유가 있어 보였다.

"맞아, 나쁘지 않아. 이런 훈련 방법도 있구나."

"하지만 이걸 계속하면 지금보다 다리가 더 두꺼워질 거 같은데!"

레오네는 자신의 굵은 하반신이 콤플렉스인 듯했다.

본인의 말에 따르면 검을 휘두르다 보니 근육이 붙어버렸다는 모양이다.

"자, 갑니다! 나와라!"

밀리에라 교장이 손가락을 딱 튕겼다. 그러자 투기장의 돌바닥이 인간 형태로 움푹 파이더니, 도려낸 부분이 마치 살아있는 생물처럼 몸을 일으켰다.

"록 골렘인가."

이것도 저 지팡이처럼 생긴 마인무구의 능력일까?

모르긴 몰라도 인간의 두 배에 달하는 거대한 존재를 만들어 냈을 정도다. 상당히 강력한 능력이리라.

두 종류의 기프트를 동시에 사용하다니, 과연 특급 마인의 소유자였다.

꼭 한번 실력을 겨뤄보고 싶었다. 잘하면 지금 해볼 수 있지 않을까?

"보셨죠? 이 세 마리의 골렘이 술래예요. 제한 시간은 지금부터 10분. 그때까지 투기장에서 떨어지지 않고 살아남으신 분께는…… 학생 식당을 1개월간 무료로 이용할 수 있는 우대권을 선물로 드릴게요♪ 분발해서 살아남아 주세요~."

교장이 아주 멋진 제안을 해왔다.

"오오, 식사 우대권이라……! 마침 잘됐다."

"반드시 살아남아야 해……! 하지만 몸이 무거워어엇!"

남들의 몇 배를 먹는 잉그리스와 라피니아에게는 남들의 몇 배는 솔깃한 상품이었다.

"걱정하지 마, 라니. 세 마리밖에 없잖아."

즉, 세 마리 전부 쓰러트려 버리면 끝날 문제다.

"그러면 준비하시고! 시작합니……."

"하아아압!"

잉그리스는 시작과 동시에 록 골렘에게로 돌격해 하이킥을 꽂아 넣었다.

그 일격으로 멀리 날아가 버린 록 골렘은 장외로 떨어져 부서지고 말았다.

"다아아앗?!"

교장이 놀라고 있는 사이.

"이야압! 으랴아아!"

잉그리스는 계속해서 주먹으로 한 마리, 던지기를 사용해서 한 마리를 장외로 날려버렸다.

몸이 무겁기는 하지만 이 정도도 움직이지 못할 수준은 아니었다.

훈련으로 삼기에 딱 좋은 무게감이었다.

"좋았어."

이것으로 1개월간 돈 걱정 없이 마음껏 먹을 수 있을 듯했다.

"해냈다! 앞으로 한 달간 실컷 먹어야지 ♪"

"굉장해……! 역시 잉그리스야!"

라피니아와 레오네는 순순히 기뻐했고, 다른 학생들은 상황이 잘 이해되지 않는지 멍하니 서 있었다.

"어, 이렇게 되면……?"

"술래가 장외가 되었으니까······."

"한 달 동안 마음대로 먹을 수 있어!"

여기 모인 학생들이 1개월간 마음껏 먹어댔다가는 학교의 재정이 파탄 날 것이다. 교장은 식은땀을 뻘뻘 흘리더니,

"······잘 보셨죠? 술래는 장외가 되어도 불이익이 없어요. 지금 건 연습이었답니다~."

라고 얼버무렸다.

"교장 선생님. 그건 좀 치사하신 거 아닌가요······."

"죄송합니다, 죄송합니다, 죄송합니다! 착오가 있었어요! 다시 부탁드릴게요······!"

"············."

저렇게 사정사정하면 뭐라고 할 수도 없었다.

뭐, 다시 쓰러트리면 될 뿐이다. 잉그리스에게는 좋은 훈련이었다.

"참 이상하네······. 제가 뭔가 실수를 한 걸까요? 아니, 그럴 리는 없는데······."

밀리에라 교장은 고개를 갸웃하며 뭐라고 중얼거린 뒤, 다시금록 골렘을 일으켰다. 그리고.

"자, 그러면 다시 갈게요! 준비······ 시작!"

"하아아압!"

콰앙! 콰앙! 콰아아앙!

장타 세 발을 얻어맞고 장외로 날아가 버리는 골렘들.

"……."

교장은 또다시 웃음을 띤 채 굳어버리고 말았다.

"……우후후훗! 지금 것도 연습이었어요~. 중요한 사항이니 두 번 말씀해 드린 거랍니다?"

"교장 선생님! 아무리 그래도 그건 좀……!"

"쉿!"

밀리에라 교장이 잉그리스의 곁으로 다가와 속삭였다.

"교, 교섭하죠! 식사 우대권 3개월 분량을 드릴 테니 골렘을 장외로 날려버리는 건 그만하면 안 될까요? 중간에 본인이 장외로 나가 주셔도 괜찮고요."

"……3개월 분량으로 세 사람 몫을 주신다면 생각해 볼게요."

"알겠어요. 그렇게 합의하죠."

"아, 그리고 저만 중력을 더 무겁게 해주실 수는 없을까요?"

아예 움직이기 어려울 만큼 중력을 늘려준다면 좋은 훈련이 될 터였다.

"네……? 이건 훈련장 전체에 쓰는 범위 능력이라, 한 사람 한 사람 조정하는 건 어려워요. 정 원하신다면 수업이 끝나고 혼자 남아서 훈련할 수 있도록 조치할 수는 있습니다만……."

"꼭 부탁드립니다."

"대신 식사 우대권은 2개월 분량으로. 괜찮겠어요?"

"그렇게 하죠."

그리하여 교섭이 성립되었다.

우선은 중력을 발생시키는 마나의 흐름을 열심히 연구해 자신의 것으로 만들자. 그것이 이 학교에서의 첫 목표가 될 듯했다.

"그러면 다시 제대로 시작해 볼까요!"

새롭게 만들어진 록 골렘이 학생들을 쫓아 뛰어다니기 시작했다.

강한 중력으로 움직임이 둔해진 학생들은 하나둘씩 붙잡혀 투기장 밖으로 내던져졌다.

시간은 눈 깜짝할 사이에 흘러가고…….

"자, 앞으로 90초 남았어요! 남은 건 여섯 명이네요. 힘내세요!"

밀리에라 교장의 응원 소리가 울려 퍼졌다.

지금까지 살아남은 6명 중의 3명은 잉그리스, 라피니아, 레오네였다.

록 골렘은 잉그리스를 완전히 무시하고 있었기 때문에 잉그리스는 다른 학생들을 천천히 지켜보았다.

잉그리스 일행을 제외한 3명 중에서 2명이 기사학과, 1명이 종기사학과의 학생인 듯했다.

의외로 종기사학과의 학생도 잘 싸워나가고 있다.

먼저, 페어를 이루고 있는 기사학과 소녀와 종기사학과 소년의 경우.

"어이, 프람! 너는 몸이 둔하니까 내 뒤에 잘 숨어있어!"

"알았어요, 라티. 하지만 괜찮겠어요? 다리가 후들거리고 있는데요."

"괜찮아. 쓸데없는 데 신경 쓰지 마."

"아아앗……! 와, 왔어요! 어서 저쪽으로!"

"으악?! 밀지 마! 아까부터 방해만 해대고 진짜……!"

"미, 미안해요…….."

소란스러운 한 쌍이었다. 하지만 결과적으로 프람이 라티를 밀친 덕분에 라티가 골렘의 마수에서 벗어날 수 있었다.

잉그리스가 보기에는 아무래도 프람이 라티를 의도적으로 밀쳐놓고 시치미를 떼는 것 같았다.

만약 이게 사실이라면 프람은 연기하고 있을 뿐, 상당한 실력자란 의미였다.

"자, 오시죠! 이 리제롯테 아르시아를 쓰러트릴 수 있다고 생각했다면 큰 오산이에요!"

다음으로 잉그리스는 전형적인 귀족 아가씨 말투를 사용하는 기사학과 소녀를 주목했다.

곱슬기가 서린 밝은색 금발이 그녀의 이미지와 참 잘 어울렸다. 상당한 미인이었지만 선뜻 다가가기 힘든 분위기를 풍겼다.

아까까지만 해도 종자로 보이는 학생들이 그녀를 지키고 있었는데, 어느새 다들 탈락해 버리고 혼자 남아있었다.

종자가 가득 있기에 혼자서는 아무것도 못 하는 사람인가 했는데, 생각보다 몸놀림이 제법 훌륭했다.

게다가 일부러 투기장 끝에 자리를 잡고 있었다. 여차하면 골렘을 장외로 떨어트려 주겠다는 의지가 전해져 왔다.

단순히 곱게만 자란 아가씨는 아닌 듯했다.

　"앞으로 60초 남았습니다! 자, 여기서 라스트 스퍼트! 중력을 올리겠어요!"

　꾸우욱! 하고 몸이 한층 더 무거워졌다.

　"와……! 이거 좋다."

　잉그리스는 기뻐했지만, 라피니아와 레오네는 비명을 지르고 있었다.

　"아악, 더는 무리야……!"

　"으윽……! 모, 몸이 안 움직여……!"

　라피니아와 레오네도 늘어난 중력에 저항하지 못하는 눈치였다. 마인무구가 있었다면 상황은 조금 달랐겠지만.

　"꺄아아악?!"

　"우와앗?!"

　결국, 골렘에게 붙잡혀 투기장 밖으로 내던져지고 말았다.

　"이제 네 명 남았군요!"

　다른 이들도 이 중력에는 견디지 못하고 차례차례 붙잡혔다.

　"으아아악?!"

　"라, 라티, 괜찮으…… 꺄아아악?!"

　"끄어억?! 무거워, 무겁다고! 나 죽어! 살려줘어어……!"

　라티가 프람의 엉덩이에 깔리고 말았다. 이윽고 골렘은 두 사람을 밖으로 내던졌고, 라티는 오히려 골렘에게 도움을 받은 꼴이 되었다.

"이…… 이거 놓으세요! 제 몸에 손대지 말아요!"

리제롯테도 바둥바둥 몸부림을 쳤지만 붙잡혀 버린 이상 더는 어찌할 방법이 없었다.

"자, 마지막 한 명이에요~!"

그리하여 남은 사람은 한 명. 잉그리스뿐이었다.

"아, 아까 골렘을 던졌던 애다……!"

"역시 마지막까지 살아남았구나."

"그럼 역시 교장 선생님이 실수하신 게 아니었나……?"

관중들이 술렁이며 잉그리스를 주목했다.

하지만 그것도 잠시.

"""……그건 그렇고 참 예쁘다."""

학생들은 남녀를 불문하고 멍하니 잉그리스를 쳐다보았다.

"……"

잉그리스도 자신의 외모가 남들의 이목을 이끈다는 자각은 있었다.

라피니아와 친한 사람들이 성원을 보내주는 것은 기뻤고, 거울에 비친 자신의 모습을 바라보는 취미도 여전했지만…….

역시 여러 사람의 주목을 받는 것은 부담스러웠다.

국왕으로 지내던 전생에서도 신하와 국민의 이목을 한 몸에 받고 있었지만, 지금 받는 시선은 그때와 전혀 다른 느낌이 들었다.

그만 끝내야겠다 생각하고 밀리에라 교장을 쳐다보자, 교장이 고개를 끄덕였다.

허가가 나왔군. 이제 해치우는 일만 남았다.

잉그리스는 앞으로 나아가 분산된 세 마리 골렘의 중앙에 자리를 잡았다.

골렘이 잉그리스를 향해 일제히 돌진해 왔다.

"합!"

수직으로 도약해 돌진을 회피하는 잉그리스.

서 있기도 힘든 중력장 속에서 잉그리스는 골렘의 머리 위까지 어렵잖게 뛰어올랐다.

여전히 중력이 강하게 억누르고 있었지만 잉그리스에게는 오히려 적당한 무게감이었다.

목표를 잃은 골렘들은 서로 부딪쳐 대자로 넘어지고 말았다.

잉그리스가 그 한가운데 착지했다.

"이걸로 끝입니다!"

가느다란 다리가 원을 그리며 골렘들을 일격에 날려버렸다.

돌로 만들어진 골렘들이 종잇장처럼 떠오르자 학생들은 눈을 의심했다. 골렘들은 투기장에서 한참 떨어진 장소까지 날아간 뒤에야 바닥에 추락했다.

근처에는 학생들이 있었기에 아무도 없는 먼 곳으로 날려 보낸 것이다.

지켜보고 있던 학생들은, 오오오오! 하고 경악성을 터트렸다.

"조, 종료~! 그럼 우대권은 잉그리스 양에게 선물해드릴게요! 자, 다음으로는 플라이 기어 체험이 있겠습니다~! 플라이 기어

도크로 향합시다~!"

짝짝짝짝!

잉그리스는 박수와 환성을 받으며 투기장에서 내려왔다.

이윽고 밀리에라 교장이 잉그리스의 곁으로 달려왔다.

"교장 선생님. 아까 하신 약속은 꼭……."

"물론이죠. 나중에 교장실로 오세요. 그건 그렇고 잉그리스 양, 당신은 혹시 하이랄 메나스인가요?"

"설마요."

"……역시 그렇죠? 분위기도 다르고……. 음, 흥미로워! 괜찮다면 나중에 천천히 이야기를 들려주세요!"

교장이 눈을 반짝이며 잉그리스를 바라보았다.

"아, 네……. 그러죠."

어쩐지 불안한 느낌이 들기는 했지만, 일단은 고개를 끄덕여 두기로 했다.

얼마 후.

"자, 그럼 여러분. 지금부터 플라이 기어 도크로 이동할게요~. 어떻게 보면 우리 아카데미를 대표하는 장소이기도 하니 꼼꼼하게 견학하기로 해요♪"

밀리에라 교장이 말을 마친 순간, 낮은 진동음과 함께 하늘에서 여러 대의 기체가 내려왔다. 미리 정해둔 것 같은 타이밍이었다.

기체들은 다름 아닌 플라이 기어 포트였다.

날개가 달린 둥그런 선체 표면에는 플라이 기어를 넣어두기 위한 구멍이 뚫려 있었다. 대충 봐도 열 개는 되어 보였다. 플라이 기어 포트에서는 플라이 기어의 동력을 보충할 수가 있고, 탑승 가능 인원도 플라이 기어가 3~4명, 플라이 기어 포트가 30~40명으로 10배 가까이 차이가 난다. 즉, 플라이 기어 포트는 사실상 모선인 셈이다.

각 플라이 기어 포트는 교관들이 탑승해 조종하고 있었다.

"자, 안에 타세요. 도크까지는 거리가 좀 되거든요. 이걸 타고 이동하기로 해요~."

학생들은 흥분을 감추지 못하며 플라이 기어 포트에 탑승했다.

플라이 기어 포트는 아직 전국적으로 보급되지 않은 물건이라 처음 타보는 사람도 많을 것이다.

잉그리스의 경우는 얼마 전에 왕도까지 플라이 기어 포트를 타고 왔으니 이걸로 두 번째였지만 흥분되기는 마찬가지였다. 전생에서는 하늘을 나는 탑승물이 존재하지 않았기에 마냥 신선했다. 잉그리스는 이 탑승물이 좋았다.

"음~! 바람이 시원해! 하늘을 난다는 건 좋구나."

라피니아도 신나 보였다. 잉그리스도 미소를 지으며 "그렇네" 하고 맞장구를 쳤다.

"현재 인간이 운용할 수 있는 전력은 플라이 기어와 플라이 기어 포트뿐이에요. 하이랜더분들이 운용하는 전함은 아직 하사받지 못했죠."

밀리에라가 설명했다.

"그럼 앞으로는 전함도 운용하게 되는 건가요?"

레오네가 질문을 건넸다.

"음, 물론 탐이 나기는 하지만 어렵지 않을까 싶네요. 플라이기어와 플라이 기어 포트만 하더라도 오랜 교섭 끝에 얻어낸 성과거든요. 괜한 기대를 품을 바에야 플라이 기어와 플라이 기어 포트를 사용한 전술을 갈고닦는 편이 낫겠죠."

하이랜더 측에서도 새로운 무기와 장비를 제공하는 데 신중한 자세를 취할 수밖에 없을 것이다. 한꺼번에 많은 힘을 하사했다가는 그 힘이 오히려 자신들에게 향할지도 모를 일이니까.

학생들을 태운 플라이 기어 포트는 마을의 상공을 가로질러 왕도 인근의 거대한 호수 쪽으로 향했다.

볼트 호수라고 불리는 이 호수는 멀지 않은 곳에서 바다와 이어져 있어, 호수 안에 커다란 항구가 있었다.

한마디로 말해서 수산물이 풍부하고 수운에 유리한 구조였다. 이곳에 왕도가 들어서는 것도 이해가 갔다.

"아카데미에서 이곳으로 오는 길을 잘 기억해 두세요~! 오늘은 다 함께 이동했지만, 앞으로는 훈련을 겸해서 뛰어올 일이 많을 테니까요~."

그러자 학생들 틈에서 "에엑?!", "너무 멀잖아!" 같은 비명이 터져 나왔다.

플라이 기어 포트는 항구에서 조금 떨어진 곳에 있는 도크에 착지했다.

도크를 아카데미에서 멀리 떨어진 곳에 만든 건 플라이 기어 훈련 도중에 사고가 발생하더라도 피해를 최소화하기 위함이었다. 조종사의 실수든, 기계의 결함이든.

예를 들어, 물 위라면 플라이 기어에서 추락해도 그나마 좀 안전할 것이다.

애초에 아카데미는 플라이 기어가 도입되기 전부터 있던 시설이다. 도크와 멀리 떨어져 있을 수밖에 없었다.

커다란 공장처럼 생긴 건물 안으로 들어서자, 플라이 기어 포트와 플라이 기어가 가득 늘어서 있었다.

"오오, 굉장하다……!"

"와, 장관이네! 가슴이 막 두근거려!"

"대단한걸. 과연 왕도 아카데미구나. 최첨단을 달리고 있어."

압도되어 버린 신입생들에게 밀리에라 교장이 말했다.

"플라이 기어는 한 대당 서너 명 정도가 탑답니다. 그러니 서너 명씩 조를 짜서 플라이 기어를 밖으로 끌고 나와볼게요~! 조종간 아래쪽의 기동 레버를 당겨서 플라이 기어 포트에서 꺼내주세요~."

잉그리스는 라피니아와 레오네를 데리고 플라이 기어로 향했다.

기동 레버를 당기자, 부우우웅 하고 낮은 진동음과 함께 플라이 기어에 불이 들어왔다.

"아직 조종간은 건들지 말고 그대로 밖으로 옮겨주세요~. 기동하면 지면에서 살짝 떠 있을 테니 밀어서 움직일 수 있을 거예요."

확실히 교장의 말대로였다. 플라이 기어 포트와의 연결을 해제하자, 플라이 기어가 바닥에서 살짝 떠올라 두둥실 흔들렸다.

"정말로 쉽게 밀리네."

"둥실거려서 재밌다."

"그러게."

대화를 나누며 플라이 기어를 밖으로 옮기는 잉그리스 일행.

"밖으로 나오셨으면 플라이 기어에 탑승해 주세요~!"

교장의 허락이 떨어졌다.

"좋았어! 우왓, 플라이 기어 포트보다 많이 흔들리는데."

"진짜네. 엄청나게 흔들려."

"확실히 안정감은 큰 것만 못하구나."

다른 학생들도 잉그리스 일행처럼 시끌벅적하게 플라이 기어에 탑승했다.

"자, 그러면 지금부터 천천히 움직여 볼게요~. 한 명은 조종간을 잡아 주세요. 다른 사람들을 떨어지지 않도록 기체를 꽉 붙드시고요~."

잉그리스는 라니와 레오네에게 물었다.

"먼저 내가 조종해 봐도 될까?"

"그렇게 해. 크리스는 종기사학과잖아."

"힘내, 잉그리스!"

"응. 고마워."

두 사람에게 대답한 뒤, 잉그리스는 조종간을 붙잡았다.

그러자 싸우기 전과 흡사한 두근거림이 솟아올랐다.

"우선은 천천히 상승해서 호수 위로 날아가 볼게요. 조종법은 앞쪽의 패널에 붙어 있으니 잘 보고 참고하세요~! 조종간을 뒤로 당기면서 천천히 액셀을 밟으면 돼. 액셀은 조종간의 오른쪽 밑에 있는 페달이랍니다~."

교장이 말한 대로 앞쪽 패널에 조종 설명서가 붙어 있었다.

잉그리스는 틈틈이 설명서를 확인하면서 플라이 기어를 상승시켜 호수 위로 향했다.

"오오. 난다, 날고 있어……!"

조금 떠올랐을 뿐이건만 괜히 흥분되었다.

처음으로 말에 탔을 때와 같은 신선한 감동이 느껴졌다.

"와아아~ 기분 좋아!"

"동감이야. 경치도 아름답고."

레오네의 말대로 새파란 호수가 내려다보이는 하늘의 경치는 정말이지 훌륭했다. 가슴이 두근거렸다.

"익숙해졌으면 조금씩 속도를 올려보세요~! 방향 전환은 충돌하지 않도록 천천히, 커다랗게 하시고요~!"

설명을 듣던 라피니아가 눈을 반짝이며 말했다.

"크리스, 크리스! 전속력으로 가자, 전속력으로!"

"뭐……?! 괘, 괜찮으려나."

레오네는 다소 불안한 눈치였다. 그러나 잉그리스의 눈은 라피니아처럼 반짝였다.

"꼭 붙잡고 있어. 밟을 테니까."

잉그리스가 액셀 페달을 강하게 밟았다.

위이이이이이잉!

플라이 기어가 커다란 소리를 내며 급격히 가속했다.

경치가 흘러가는 모습, 바람을 가르는 소리, 맞바람 등 모든 것이 아까와는 전혀 달랐다.

"오오! 상당히 빠른걸……!"

"생각보다 훨씬 빨라! 아하하핫♪ 기분 좋다!"

"꺄아아악?! 이, 이거 너무 빠르지 않아? 솔직히 좀 무서워……!"

"얼른 익숙해져야지. 우리는 이걸 타고서 마석수와 싸워야 하잖아."

"맞아, 맞아! 백문이 불여일견이라는 말도 있잖아."

"말이야 쉽지이이이이! 우왓! 와아앗! 앞쪽에 상선이 있어!"

"괜찮아, 거리는 충분하니까. 선회해서 갈게."

잉그리스는 속도를 줄이며 자신이 말한 대로 방향을 바꾸려 했다.

하지만 그때, 전방에 있던 상선에 이변이 일어났다.

선체가 크게 기울어진 것이다.

하지만 문제는 상선이 아니었다. 진짜 원인은 상선 밑으로 파고든 커다란 그림자에 있었다.

　무언가가 수면 밑에서 상선을 밀어 올린 것이다.

　"앗?! 저 배, 당장이라도 침몰할 것 같은데?!"

　라피니아가 외쳤다.

　"밑에 뭔가가 있어……!"

　"저건……?!"

　이번에는 그 무언가가 수면 위로 고개를 내밀어 상선의 옆구리를 덥석 물었다.

　"마석수?!"

　바다와 호수에도 프리즘 플로가 내린다.

　따라서 수중 생물도 당연히 마석수로 변할 수 있다.

　"물고기형 마석수네!"

　"저, 저대로는 위험해……! 어떻게든 해야 해!"

　"구해주자! 돌격할게!"

　"맞아, 우리가 제일 가까이 있잖아!"

　"그, 그래!"

　레오네도 이번에는 반대하지 않았다. 그렇게 잉그리스의 제안은 만장일치로 받아들여졌다.

　잉그리스는 전속력으로 액셀을 밟으며 싸우기 쉽도록 고도를 내렸다.

　수면이 가까워지자 플라이 기어가 수면에 바퀴 자국을 남기듯 성대한 물보라를 일으켰다.

물기둥을 일으키며 돌진하는 잉그리스 일행.

"좋았어, 내가 쓰러트려 볼게!"

"응, 라니!"

배가 가까워지자 라피니아가 애용하는 활을 꺼내 시위를 당겼다. 마인무구인 샤이니 플로였다.

마나로 만든 빛의 화살이 마석수를 향해 날아갔다.

하지만 낌새가 이상하다는 걸 알아챘는지 마석수는 화살을 피해 물속으로 잠수해 버렸다.

라피니아가 발사한 빛의 화살은 호수에 가로막혀 소멸하고 말았다.

"앗, 물속으로 도망쳤어!"

"레오네, 검이라면 물속까지 닿을 거야!"

"알았어, 맡겨둬!"

레오네가 마인무구인 검은색의 대검을 뽑아 들더니 칼끝을 물속으로 향했다.

"가라앗!"

쭉쭉 뻗어나간 검이 물속으로 침입해 들어가 커다란 마석수의 그림자를 꿰뚫었다.

"됐다! 맞췄어!"

하지만 그 순간, 플라이 기어의 선체가 크게 흔들렸다.

몸부림치는 마석수의 움직임이 박힌 검을 타고 고스란히 전해져 온 것이다.

"꺄악?! 으, 으윽……! 무거워……!"

"도와줄게. 라니, 조종간을 부탁해."

"응, 크리스!"

"잉그리스, 부탁해……!"

"나한테 맡겨."

잉그리스는 레오네와 함께 거대한 대검을 움켜쥐었다.

"한 번에 당기자. 하나, 둘!"

"에에에에잇!"

두 사람은 마석수를 물속에서 끌어내듯 있는 힘껏 대검을 들어 올렸다.

좌아아아아아!

마석수가 수면 위로 치솟았다.

하지만 검에서 쑥 빠져나가며 하늘 높이 날아가 버렸다.

"아……! 빠져버렸어!"

"괜찮아!"

잉그리스는 가벼운 몸놀림으로 플라이 기어에서 뛰어내렸다.

그러고는 그대로 수면 위를 내달리기 시작했다.

수상 보행이었다. 훈련을 거듭하는 과정에서 익힌 재주였다.

다리가 가라앉기 전에 빠른 속도로 물을 박차면 된다. 별로 어렵지 않은 기술이었다.

적어도 잉그리스는 그렇게 생각하고 있었다.

"에에에에엑?! 지금 물 위를 달리고 있는 거야?! 뭐야 저게?!"

"뭐, 크리스라면 저 정도쯤이야."

놀라는 레오네와 은근히 자랑스러워하는 라피니아. 두 사람이 지켜보는 가운데, 잉그리스는 물고기형 마석수의 낙하지점으로 이동했다.

"하아아아압!"

마석수를 강하게 차올리자 다시금 마석수가 공중으로 떠올랐다.

잉그리스는 계속해서 마석수가 떨어지는 지점을 향해 달려가 차올렸다.

"아직! 한 번 더! 다시 한번!"

그런 식으로 걷어차기를 반복한 결과, 마석수는 호숫가의 땅바닥에 내동댕이쳐졌다.

"누가 마석수에게 마무리 일격을 가해주세요."

"아, 네……."

밀리에라 교장이 멍한 표정으로 승낙했다.

"뭔가 무서운 장면을 본 것 같습니다만, 어쨌든 잘 해주셨어요."

"맞아요. 물속에 숨은 마석수는 움직임을 포착하기 어려워서 꽤 무섭죠."

"아뇨, 그런 뜻이 아니라…… 뭐, 됐어요. 엄청난 학생이 들어와 기쁘네요. 어쨌든 여러분들의 활약은 도움을 받은 뱃사람분들께 잘 전달해 놓을게요."

이후로도 플라이 기어 체험은 조금 더 이어졌다. 그렇게 비행을 마치고 학교로 돌아간 학생들은 나머지 시설을 견학한 뒤 해

산했다.

제법 재밌는 곳이구나. 그것이 학교에서 첫날을 보낸 잉그리스의 감상이었다.

꺄악, 꺄악!

우후후후훗!

아하하하핫!

주변에서 젊은 여자아이들의 떠들썩한 목소리가 들려왔다.

잉그리스는 이 떠들썩한 공간 한복판에서 약간의 죄책감을 느끼고 있었다.

주변에 있는 사람들이 죄다 알몸인 탓이었다.

"눈을 둘 곳이 없어……."

목욕탕에 몸을 담근 채로 남몰래 중얼거리는 잉그리스.

아카데미의 학생 중 3, 4할은 여성이다. 적지 않은 숫자였다.

그리고 이곳은 여자 기숙사의 공용 목욕탕.

노바 성의 목욕탕만큼 호화스럽지는 않았지만 넓고 깔끔했다.

목욕탕 자체에는 아무런 불만이 없었다. 문제는 이용하는 사람이 많다 보니 어딜 봐도 여자의 알몸이 눈에 들어온다는 점이다.

그동안 함께한 라피니아는 일단 친척이었고, 손녀딸 같은 존재였기에 크게 신경 쓰이지 않았다. 하지만 다른 여자아이들을 바라볼 때는 무심코 불순한 감정이 섞이고 말았다.

그리고 그 불순함이 곧 죄책감으로 이어졌다.

보면 안 된다고 생각하면서도 자기도 모르게 시선이 가버렸다.

그런 잉그리스의 모습을 이상하다는 듯이 올려다보는 존재가 있었다. 잉그리스의 가슴골 사이에 끼어 목욕물에 몸을 담그고 있는 린이었다.

"린은 즐거워 보이는구나."

목욕탕에 들어온 뒤로 린은 잉그리스의 가슴골 사이에 파묻혀 얌전히 주변을 둘러보고 있었다.

어쩌면 마음에 드는 아이를 물색하고 있는 것일지도 몰랐다. 린은 여성에게 응석을 부리길 좋아하는 경향이 있었다.

라파엘에게는 좀처럼 정을 주지 않으면서, 레오네와 리플은 잘 따르는 것을 보면 확실했다.

라피니아가 이에 대해 대담한 추측을 했는데, 린의 원래 모습이 었던 세이린은 사실 여자를 좋아했을지도 모른다는 이야기였다.

마석수가 되어 이성이 약해지면서 내면의 욕망이 행동으로 나 타나게 되었다나.

만약 잘못 짚었다면 참 실례되는 생각이 아닐 수 없다.

하지만 린은 말을 하지 못하므로 확인할 방법이 없었다.

언젠가 세이린을 원래대로 되돌린다면 진상이 드러나리라.

에테르로 가능성을 엿본 이상 잉그리스는 포기할 생각이 없 었다.

혈철쇄 여단의 흑가면은 마석수를 원래대로 되돌릴 수 없다고 말했다.

뒤집어 말해서, 마석수를 되돌릴 수만 있다면 에테르의 기술적 인 측면에서 그를 뛰어넘었다는 뜻이 된다.

흑가면의 말을 믿는다는 전제가 깔리지만.

"왜 그러고 있어, 잉그리스? 라피니아를 빼앗겨서 외로움이라도 타는 거야?"

레오네가 다가오며 물었다.

목욕탕의 열기로 살짝 상기된 복숭앗빛의 피부와 잉그리스에게 지지 않는 풍만한 가슴.

허리와 허벅지에는 살집이 좀 있었지만, 남자의 눈에는 오히려 이런 몸매가 더 선정적으로 보이는 법이다.

하지만 자신이 그런 말을 해봤자 설득력이 없으므로 잉그리스는 그냥 다물고 있기로 했다.

다만, 무심코 쳐다보게 되는 것은 어쩔 수가 없었다.

그냥 차라리 포기하고 즐기면 마음이 좀 편해질까?

"아니…… 딱히 그런 건 아냐."

현재 라피니아는 자신에게 말을 걸어온 다른 학생들과 즐겁게 담소를 나누고 있었다.

성기사 라파엘의 여동생인 라피니아는 주목의 대상이었다. 애초에 라피니아는 성격이 밝고 붙임성이 좋은 편이었다. 누군가가 말을 걸어올 때마다 흔쾌히 상대해 주었고, 어느새 주변에는 무리가 형성되어 있었다. 분위기도 달아올랐다.

라피니아에게 인망이 있다는 것은 좋은 일이다.

잉그리스도 흐뭇하게 지켜볼 생각이었다.

물론 벌레가 꼬이면 배제할 거지만.

다행히 이곳은 여자아이들밖에 없는 안전지대였다. 잠깐 마음을 놓고 있어도 문제없으리라.

"라피니아는 인기가 많구나……. 살짝 부럽기도 해."

레오네가 처한 상황을 생각하면 그렇게 한숨을 내쉬는 이유도 이해가 갔다.

라피니아와 레오네는 '혈연'이란 이유만으로 대우가 결정된 극과 극의 케이스였다.

"부러워할 것 없어, 레오네. 린도 레오네가 좋다잖아."

린은 잉그리스의 가슴에서 레오네의 가슴으로 옮겨 가려고 하고 있었다.

"아하하. 이 애는 가슴을 정말 좋아하네."

"아무래도 그런 것 같아."

"나하고 잉그리스 사이를 왔다 갔다 하던데, 장단점이 있는 건가?"

"글쎄? 린은 말을 하지 않으니……."

"그럼 제가 직접 확인해 드리죠!"

라피니아의 얼굴이 잉그리스와 레오네 사이에 불쑥 나타났다.

"와앗?! 라, 라니……! 히이익?! 마, 만지지 말래도……!"

"어, 어느 틈에……. 잠깐, 어딜 만지는……!"

라피니아는 각각의 팔로 두 사람을 끌어안으며 가슴을 주물럭거렸다.

"크리스는 부드러워서 손에 착 감기는 맛이 있고, 레오네는 탄

력이 훌륭한걸. 하아~ 둘 다 큼지막하니 좋구나…….”

“노, 놓아줘……!”

“이, 이제 됐잖아……!”

“응~? 맞다, 목욕이 끝나면 디저트를 먹으러 가지 않을래?”

아카데미의 식당은 늦은 밤까지도 운영하기 때문에 아직 열려 있었다.

“아, 알겠어! 가자! 그러니까 놓아줘!”

“또, 또 먹으려고……? 저녁 식사가 끝나고도 잔뜩 먹었잖아?”

“아직 한참 부족하다고……! 더구나 기왕 공짜 식사권까지 얻었는데 먹지 않으면 손해잖아?”

“나, 나는 배가 불러서 먼저 방으로 돌아갈게. 너무 먹으면 살찐단 말이야…….”

그리하여 잉그리스와 라피니아는 식당에 들러 디저트를 만끽한 다음 기숙사로 돌아갔다. 그런데 방이 있는 3층에 도착하자마자 동쪽 복도에서 소란한 소리가 들려왔다.

“말씀드렸지만 저는 이런 방에서는 지낼 수 없어요! 나라를 배신한 성기사의 핏줄을 어떻게 믿으라는 거죠? 언제 목이 달아날지 모르는데, 모른 척하고 살라는 말씀인가요?! 애초에 이런 분의 입학을 허락한 것부터가 문제예요!”

“아뇨, 그건……. 레오네 양은 아무런 문제가 없다는 판단하에…….”

금발의 소녀가 밀리에라 교장에게 따지고 있었다.

"그 판단에 의문이 느껴진다 이 말이잖아요!"

중력 훈련에서 활약했던 리제롯테라는 소녀였다.

손의 마인을 보건대 그녀도 상급 마인의 소유자인 듯했다.

잉그리스와 같은 학년에 특급 마인을 지닌 사람은 없었다. 따라서 잉그리스를 제외하면 상급 마인을 소유한 학생들은 동기 중 최정예라 해도 무방했다.

보아하니 리제롯테는 레오네를 문제 삼고 있는 듯했다.

옆에는 레오네가 고개를 푹 숙이고 있었다.

여자 기숙사는 2인 1실로, 잉그리스와 라피니아는 같은 방을 쓰고 있었다.

레오네는 리제롯테와 같은 방에 배정된 모양이었다.

리제롯테는 바로 그 점이 불만인 눈치였다.

"하다못해 방이라도 바꿔주세요. 안 그럼 가만있지 않겠어요."

"하아…… 어쩔 수 없군요. 혹시 여러분들 중에 방을 바꿔주실 분이 계신가요……?"

밀리에라 교장이 무슨 일인가 하고 모여 있던 학생들을 둘러보며 물었다.

하지만 다들 고개를 가로젓거나, 숙이며 눈을 마주치려 하지 않았다.

레오네와 같은 방을 쓰고 싶은 학생은 아무도 없는 듯했다.

레오네가 전 성기사 레온의 여동생이라는 사실이 이미 퍼질 대로 퍼진 모양이었다.

"레오네! 그럼 우리 방으로 와!"

그때 한 소녀가 손을 번쩍 치켜들며 말했다. 굳이 말할 것도 없이 라피니아였다.

라피니아라면 당연히 이렇게 나올 것이라고 잉그리스는 예상했다.

자신이 옳다고 생각하면 주변에서 뭐라 하든 흔들리지 않고 관철한다. 그것이야말로 빌포드 남매의 가장 닮은 점이었으며, 가장 훌륭한 점이기도 했다.

"다들 너무해! 레오네는 아르멘 마을 사람들을 위해서 홀로 마석수와 맞서 싸웠단 말이야! 아무도 칭찬해 주지 않았는데도! 그런 레오네가 나쁜 사람일 리가 없잖아!"

"라니. 기분은 알겠지만 일단 진정해."

라피니아는 단단히 화가 난 눈치였다.

잉그리스는 라피니아의 어깨에 손을 얹으며 그녀를 달랬다.

답답하기는 잉그리스도 마찬가지였지만, 그 모습을 본 건 잉그리스와 라피니아뿐이었다. 그들에게 믿으라고 한들 의미 없는 노릇이었다.

"저희 셋이서 같은 방을 사용할게요! 괜찮지, 크리스?"

"응. 물론이야. 가자, 레오네."

잉그리스는 레오네의 손을 잡아끌어 자신의 방으로 안내했다.

"……매번 미안해."

레오네가 울음을 터트릴 것 같은 얼굴로 나지막이 말했다.

이후 세 사람은 리제롯테의 방에서 레오네의 짐들을 꺼내다 옮겼다.

"학생들의 반발이 있으리라 예상은 했습니다만, 다짜고짜 이런 일이 터질 줄은 몰랐습니다. 하아……."

짐 옮기기를 도와준 밀리에라 교장이 잉그리스와 라피니아에게 말했다.

"……반발이 일어날 걸 알고도 입학 승인을 내리신 건가요?"

"뭐, 웨인 왕자님과 라파엘 씨의 추천 등, 어른의 사정이 좀 있었죠. 다만, 이런 전후 사정을 빼고 보아도, 상급 마인의 소유자인 레오네 양의 재능을 썩히는 것은 아까운 짓이에요. 게다가 저는 레오네 양 또한 '누군가의 동생'이 아니라 '개인'으로 존중받아야 한다고 생각해요."

그렇게 말한 뒤 밀리에라 교장은 두 사람에게 머리를 숙였다.

"죄송하지만 레오네 양을 부탁드릴게요. 저도 좀 더 커다란 방을 준비할 수 없는지 알아볼 테니까요."

"네!"

"알겠습니다."

방으로 돌아간 잉그리스와 라피니아는 레오네와 함께 곧바로 잠자리에 들기로 했다.

찝찝한 일은 푹 자고 잊어버리는 게 최고다.

"나는 바닥에서 잘게."

레오네가 힘없이 말했다.

셋이 지내자고 했지만 원래 2인실인 이 방에는 이층 침대가 하나 있을 뿐이었다. 즉, 침대가 하나 모자랐다.

"괜찮으니까 여기로 와. 같이 자자."

아래층의 잉그리스가 레오네를 자신의 옆으로 안내했다.

살짝 좁기는 했지만 둘이서 잘 수 없을 정도는 아니었다.

"앗. 그러면 나도!"

어째선지 라피니아까지 위층에서 내려와 셋이서 나란히 눕게 되었다.

아무래도 셋이 눕기에는 비좁을 수밖에 없었다.

그래도 주눅 든 레오네를 두 사람이 지켜봐 줄 수 있다는 점은 다행이었다.

라피니아는 얼마 지나지 않아서 먼저 꿈나라로 떠나가 버리고 말았지만.

"저기, 그런데 소리가 좀……."

"라니의 코골이 말이지? 피곤할 때 잠들면 이렇더라. 나는 익숙해져서 괜찮지만."

"그래도 다른 사람이랑 같이 자는 건 엄청나게 오랜만이야. 왠지 마음이 차분해지는 것 같아……."

"레오네는 혼자가 아니야. 우리가 있으니까 안심해."

"고마워, 잉그리스……."

"응."

잉그리스는 조용히 훌쩍이고 있는 레오네를 끌어안으며 눈을 감았다.

예전에는 괴물이 무섭다느니, 무서운 꿈을 꿨다느니 하며 칭얼대던 라피니아를 이렇게 달래주고는 했다. 왠지 그리운 기분이 들었다.

그렇게 어느덧 세 사람은 깊은 잠에 빠져들었다.

다음 날.

오늘은 기사학과와 종기사학과의 수업이 따로 진행되는 날이었다.

기사학과에서 마인무구를 이용해 실전 훈련을 하는 날이면 종기사학과는 플라이 기어로 개인 비행 훈련을 하거나, 기체 정비를 배웠다.

반대로 이론 수업, 기초 전투 훈련, 플라이 기어를 이용한 합동 연습이 있는 날에는 기사학과와 함께 수업을 진행했다.

잉그리스가 속한 종기사학과 신입생들은 현재 아카데미의 정문 앞에 집합해 있었다.

학생들 앞에 서 있는 것은 우락부락한 대머리의 거한이었다.

그가 입은 교관복은 근육에 못 이겨 당장이라도 찢어질 것만 같았다.

"나는 종기사학과 1기생인 제군들의 담당 교관 마구스다! 명심해라! 종기사학과인 제군들은 마인과 마인무구를 지니지 못한 자들이다! 허나 제군들이 기사학과에 뒤처진다고 생각하기에는 아직 이르다! 우리의 싸움은 마석수를 처치하는 것만이 아니다! 마인이 없다면 신체를 단련해 그 격차를 메우면 될 뿐! 제군들한테는 기사학과의 몇 배에 달하는 신체 단련을 실시할 예정이다! 우선은 플라이 기어 도크까지 달려가겠다! 자, 따라와라!"

그리고 교관은 솔선해서 볼트 호수를 향해 달려가기 시작했다.

"으에에에엑?!"

"플라이 기어랑은 전혀 상관없는 말만 하지 않았어……?!"

"빨라?! 이러다 놓치겠어!"

"이, 일단 따라가자. 뛰어!"

학생들도 마구스 교관의 뒤를 쫓아 달리기 시작했다.

"흠…… 이런 것도 나쁘진 않은걸."

교관의 말대로 육체 단련은 기본 중의 기본이다.

하지만 단순히 달리기만 해서는 시시했다.

잉그리스는 어제 보았던 마인무구의 중력 효과를 재현해 보기로 했다.

마나의 움직임과 패턴은 전부 기억하고 있었다.

다만, 이를 재현하려면 복잡하고 섬세한 조작이 필요했다. 이 작업을 얼마나 제대로 할 수 있는가가 핵심이었다.

"음……."

잉그리스는 눈을 감고 집중했다. 우선 에테르를 마나로 변환시켰다.

그렇게 만든 몸 주변의 마나를 다시 제어한다.

교장의 기프트처럼 중력을 광범위하게 펼칠 필요는 없었다. 오로지 자신의 몸에만 중력이 작용하도록 일부만 재현할 수 있으면 충분했다.

그 정도라면 잉그리스의 미숙한 기술로도 충분히 가능할 터였다.

쿠구웅!

발이 땅바닥을 파고드는 감각이 느껴졌다.

잉그리스는 가볍게 점프해 보았다. 확실히 평소보다 몸이 무거워졌다.

"오오…… 성공했어!"

중력을 늘린 결과 체중이 몇 배쯤 늘어난 게 확실히 느껴졌다.

잉그리스에겐 아직도 가벼운 편이기는 했지만, 익숙해지면 더 무겁게 할 수도 있으리라.

어쨌든 이걸로 아무것도 하지 않은 것보다 훨씬 효율적인 훈련을 할 수 있게 되었다.

"좋아……! 일단은 이 정도면 충분하겠어."

잉그리스는 맨 뒤에서부터 달리기 시작했다.

중력을 늘린 것도 모자라 가장 늦게 출발했건만, 잉그리스는 선두에서 달려가는 마구스 교관을 순식간에 따라잡았다.

"흐하하하하! 무리하지 마라, 제군들! 어차피 첫날부터 나를 따라잡는 학생이 나올 리가 없으니까! 교관을 놓친 학생은 근처의 주민에게 길을 물어서 도크까지 찾아오도록 해라……아니이이?! 어, 어느 틈에에에에에?!"

"교관님. 먼저 가도 괜찮을까요?"

"괘, 괜찮다만…… 자네, 길은 알고 있나……?"

"……듣고 보니까 가는 방법을 모르네요. 그럼 오늘은 옆에서 함께 달릴게요."

조금 부족한 감이 들었지만, 앞서 달릴 수는 없으니 대신 중력을 더 강하게 할 수 없는지 시험해 보면서 적당히 달리기로 했다.

그때, 뒤쪽에서 누군가가 나타났다.

"흐그아아아아악! 거기 서어어엇!"

키가 작은 소년이었는데, 지기 싫어하는 성격이 얼굴에 고스란히 드러나 있었다.

그는 필사적으로 잉그리스와 교관을 따라오고 있었다.

중력 훈련에서 6명이 남을 때까지 활약했던 그 라티라는 이름의 학생이었다.

"오오. 제법인데?"

이 소년은 마인도 없거니와, 잉그리스처럼 디바인 나이트인 것도 아니었다. 그냥 평범한 인간이었다.

즉, 그냥 다리가 빠른 것이다. 필사적으로 분발하는 모습이 흐뭇했다.

"흐하하하! 올해 종기사학과에는 쓸만한 녀석들이 많군! 훌륭하다!"

"저희도 잊지 마세요."

"그럼! 이 정도도 따라잡지 못할 줄 알고!"

계속해서 파란 머리의 소년과 붉은 머리의 소년이 뒤쫓아 왔다.

머리카락 색은 전혀 달랐지만, 얼굴 생김새는 판박이였다. 쌍둥이인가?

왠지 낯익은 얼굴이다 싶더니만, 중력 훈련에서 리제롯테를 지키던 학생들이었다.

즉, 리제롯테의 종기사였다.

그런데 이 두 사람의 손에서는 마인이 빛을 발하고 있었다. 중급 마인이었다.

중급 마인이면 기사학과에도 입학할 수 있지만 아무래도 훗날 리제롯테를 섬기기 위해 종기사학과를 선택한 모양이었다.

종기사학과에는 그 외에도 마인을 지닌 학생들이 있었지만, 중급 마인을 지닌 학생은 이 두 사람뿐이었다. 나머지는 다들 하급 마인이었다.

리제롯테는 국왕의 오른팔인 아르시아 재상의 딸이라 들었다.

한창 위세를 떨치는 권력자의 딸이다. 종기사도 그에 걸맞은 수준을 갖춰야 한다고 생각한 것이리라.

두 사람은 검 형태의 마인무구를 손에 들고 있었다.

마인무구는 마나를 불어넣으면 주인의 신체 능력을 끌어올리는 효과를 지니고 있다.

아무래도 그 효과를 이용해서 선두를 달리고 있는 모양이었다. 두 사람에게서 마나의 흐름이 느껴졌다.

물론 마구스 교관도 마인무구가 없다는 걸 전제로 말했을 뿐, 사용하면 안 된다고 말한 적은 없었다.

"으으윽……! 제길……!"

아니나 다를까, 오로지 체력으로만 달리는 라티가 조금씩 뒤처지기 시작했다.

"어이, 무리하지 마. 너 같은 일반인은 뒤쪽에서 세월아 네월아 따라오면 돼."

"지당한 말씀. 무릇 인간이란 분수에 맞게 살아야 하는 법입니다."

리제롯테의 종자인 두 소년이 라티에게 말했다.

붉은 머리의 소년은 말투가 다소 거칠었고, 파란 머리의 소년은 밉살맞은 존댓말을 사용했다.

"시끄러워! 기사학과에 가봤자 가망이 없을 것 같아서 종기사학과에 들어온 주제에 으스대기는! 그런 속 좁은 녀석들한테 질까 보냐……!"

"뭐라고, 이 자식! 뭘 안다고 함부로 지껄여!"

"홋……. 따라오는 것도 버거워 보이는데 입만 살았군요."

확실히 라티는 한계에 가까워 보였다. 잉그리스는 라티에게 다가가 귓속말을 했다.

55

"너…… 도크까지 가는 길, 알아?"

"어, 어어…… 알고 있는데, 왜……?"

"잘됐네. 그럼 안내해 줘."

잉그리스는 라티의 손을 붙잡더니 거의 끌고 가다시피 하며 질주했다.

"먼저 갈게요!"

"우워어어어엇?! 빨라, 빠르다고! *끄아아아악?!*"

"억지로라도 뛰어. 저 녀석들에게 지고 싶지 않잖아?"

그러자 잉그리스와 라티의 등 뒤에서 교관의 목소리가 들려왔다.

"도, 도착하면 플라이 기어를 꺼내서 자습하고 있거라!"

"네. 알겠습니다."

뒤를 돌아보며 빙긋 대답한 뒤, 잉그리스는 속도에 더욱 박차를 가했다.

"빠…… 빠르다!"

"마, 말도 안 돼! 저게 뭐야?!"

잉그리스는 눈 깜짝할 사이에 교관과 쌍둥이 소년들에게서 멀어졌다.

"허억…… 허억…… 우웩. 속이 메스꺼워…….

결국, 남들보다 한참 먼저 플라이 기어 도크에 도착한 라티는 무릎에 손을 짚고 가쁜 숨을 내쉬었다.

"그래도 이겼잖아. 잘됐지."

"그냥 너한테 끌려왔을 뿐이잖아. 내 힘이 아니라고. 그런데 엄청나구나, 너."

"몇 번쯤 더 하다 보면 익숙해질 거야."

"이걸 또 하라고?!"

"네가 원한다면 얼마든지."

"됐어. 매번 이렇게 뛰었다간 어딘가가 고장 날 거야……. 그래도 고맙다. 나는 라티. 잘 부탁해."

"잉그리스야. 잘 부탁해."

"나는 이 나라 출신이 아니라 알카드 출신이야."

알카드는 잉그리스가 태어난 나라인 카랄리아의 북쪽 한랭지에 있는 나라다.

다소 춥고 척박한 땅이지만, 강수량이 적은 만큼 프리즘 플로도 비교적 드물게 내린다는 이점이 있었다.

그렇다고 마석수가 아예 없는 건 아니겠지만.

"그렇구나. 유학생인가 보네."

"맞아. 여기는 따뜻해서 좋은걸."

"다행이네. 그 프람이라는 아이도 같은 곳에서 온 거야?"

"응? 프람? 어, 맞아."

"그럼 라티는 프람의 종기사가 되기 위해서 온 거겠네? 실은 나도 그래. 라피니아 빌포드라는 아이의 종기사가 되려고 하거든."

"아아, 성기사의 여동생이라는 애 말이지? 우리는 너희 같은 관계는 아닐걸."

"어라, 그래?"

"하지만 실력을 갈고닦아 마석수와 싸우는 데 도움이 되고 싶다는 마음은 진심이야……! 플라이 기어에 대해서 배울 만한 곳은 여기밖에 없거든. 그래서 일부러 유학까지 온 거고……! 자, 이제 충분히 쉬었으니 플라이 기어를 꺼내러 가 보실까!"

"응. 그러자."

대기하고 있던 다른 교관에게 부탁해 도크 안으로 들어간 잉그리스와 라티는, 플라이 기어를 끌고 나와 비행 연습에 접어들었다.

"좋았어, 다른 애들이 올 때까지 자유시간이다! 마음껏 날아 보자고!"

호수 위로 날아오르기가 무섭게 라티는 전속력을 냈다.

"찬성이야!"

잉그리스도 그 뒤를 따랐다.

오늘은 마석수의 기척도 없다. 하늘을 마음껏 누벼주겠어!

"간다아아아아앗!"

"오오. 굉장해……!"

잉그리스는 라티가 모는 플라이 기어의 움직임을 보며 감탄했다.

빙글빙글 나선을 그리며 전진하고 있건만 속도가 전혀 떨어지지 않았다.

정교하고 복잡한 급상승과 급선회를 구사하면서도 무척이나 빨랐다.

거의 앞으로밖에 날지 못하는 잉그리스와는 차원이 달랐다.

아무래도 라티는 플라이 기어의 조종에 있어 천재적인 재능을 지닌 듯했다.

"헤헤헷! 나한테도 뭐 하나쯤 너희들보다 뛰어난 점이 없으면 불공평하잖아?"

라티의 플라이 기어가 잉그리스의 플라이 기어를 앞질러 나갔다.

이쪽도 액셀을 힘껏 밟고 있건만, 도무지 쫓아갈 수가 없었다.

조금 분했다.

"······따라잡아 주겠어!"

잉그리스는 뒤쪽으로 손바닥을 뻗은 다음······ 에테르를 방출했다!

쿠과과과과과!

푸르스름한 빛 덩어리가 수면에 성대한 물보라를 일으키며 후방으로 날아갔다.

하지만 이는 부산물에 지나지 않았다. 에테르를 발사한 반동으로 잉그리스의 플라이 기어가 가속했고, 결국에는 라티의 플라이 기어를 추월했다.

"우오오오오옷?! 잉그리스! 방금 그건 뭐야······?!"

"나는 지는 걸 싫어하거든."

"아니, 지금 그게 문제가 아니잖아?! 지는 게 싫은 거랑 이상한 빛을 쏘는 게 무슨 상관인데! 애초에 마인도 없으면서 어떻게……?!"

"수행의 성과야."

"설명이 전혀 안 되는데……?!"

"어쨌든 스피드는 내 승리네."

"으윽, 하지만 조종 기술로는 지지 않겠어!"

"오오…… 이번만은 패배를 인정할 수밖에 없겠는데. 그건 나도 어쩔 수가 없겠어. 움직임이 전혀 달라. 어떻게 했는지 가르쳐 줘."

"좋아, 얼마든지."

그리고 잠시 후 마구스 교관과 학생들이 도착했다.

플라이 기어를 이용한 비행 훈련이 시작되자 라티의 월등한 재능과 소질이 다시금 확인되었다. 교관도 화들짝 놀라며 기뻐했다.

그렇게 기사학과와 별도로 진행되는 훈련이 종료되고…….

기사학과와 함께 이론 수업과 전투 훈련을 받기를 이틀.

이날 밤, 잉그리스 일행은 밀리에라 교장의 호출을 받았다.

"교장 선생님, 하실 말씀이란 게 뭔가요?"

교장실로 들어가 인사를 마친 다음, 잉그리스가 물었다.

"잉그리스 양, 라피니아 양, 레오네 양. 얼마 전에 호수에 나타난 마석수를 퇴치해 상선을 구해줬던 일이 있었죠? 실은 그 상선의 소유주께서 당신들을 초대해 보답하고 싶다고 말씀하셨어요."

"와! 맛있는 음식을 대접해 주시는 건가요?!"

라피니아가 즉각 반응을 보였다.

"네, 그럴 거예요."

"그 소유주라는 건 어떤 사람이죠?"

"란바 상회의 무장 행상단이에요."

"……!"

굉장히 낯익은 이름이었다.

"크리스, 란바 상회라면 거기 아니야? 라알의……!"

"응. 라알 님의 부친이 운영하던 상회였지."

라알이 하이랜더가 되었으니 그의 아버지도 당연히 하이랜더가 됐을 줄 알았는데, 란바 상회가 아직도 활동하고 있다니?

아무래도 진상을 파악하기 위해서는 초대에 응하는 수밖에 없어 보였다.

영웅왕,

극한의무를 위해 전생하다

그리고 세계 최강의 견습 기사가 되다♀

덜그럭, 덜그럭.

마차 바퀴가 메마른 소리를 내며 굴러가고 있었다.

창밖의 노을을 바라보는 잉그리스에게 반대편에 앉아있던 라피니아가 말을 걸었다.

"레오네도 왔으면 좋았을 텐데."

레오네 역시 초대받은 인물 중 한 명이었으나, 정작 레오네는 "나는 괜찮으니 다녀와"라고 말하며 거절했다.

할 수 없이 잉그리스와 라피니아는 오늘 수업을 마치고 둘이서만 초대에 응하기로 했다.

"어쩔 수 없지. 레오네는 란바 상회의 원한을 살지도 모른다고 생각했을 거야."

란바 상회는 라알의 아버지가 운영하는 곳이다.

그 란바가 지금은 어디서 뭘 하고 있는지는 불명이지만…… 란바의 아들인 라알에게 프리즘 파우더를 먹여 마석수로 만들어 버린 것은 레오네의 오빠인 레온이었다.

만약 저쪽에서 그 사실을 안다면 레오네까지 원망의 대상이 될 수도 있었다.

"그런 식으로 말하자면 우리도 마찬가지지만……. 하긴, 레오네라면 마음이 무겁겠다. 특히 요즘에는 힘들어 보이는 눈치고."

"응. 더는 상처받고 싶지 않은 걸 거야."

"하지만 이대로는 아무런 진전이 없잖아? 기회가 있다면 오해를 푸는 편이……."

"동감이야. 레오네도 아마 비슷한 생각을 하고 있을걸. 하지만 지금은 여러모로 지쳐 있을 거야. 기운을 차릴 때까지 기다려 주자."

"……크리스의 말이 맞네. 억지로 데려와 봤자 의미가 없지. 그러면 돌아갈 때 뭔가 맛있는 거라도 가져다주자!"

"좋은 아이디어네. 그렇게 하자."

"흐음. 크리스, 나 생각해 봤는데. 나는 라파엘 오라버니의 여동생이라서 모두가 추켜세워 주고 있잖아? 하지만 레오네는 그 반대고. 사람들은 레오네를 레온 씨의 여동생이라는 이유만으로 나쁘게 보는 것 같아……. 그러니 더더욱 우리가 레오네를 지탱해 줘야 한다고 생각해. 레오네는 착한 아이잖아. 크리스도 도와줄 거지?"

"물론이야. 기특한걸, 라니."

잉그리스는 라피니아의 검은 머리를 부드럽게 쓰다듬었다.

무엇보다 자신을 객관적으로 인식하고 있다는 점이 기특했다. 이것은 라피니아의 사적인 감정에 의한 판단이 아닐 것이다.

"후훗. 크리스가 기특하다고 말해줬으니 문제없겠다."

"그런 거야?"

"응. 내 경험상."

그렇게 대화를 나누는 사이 마차가 정차했다.

"도착한 걸까?"

"아직 길 한복판인데?"

두 사람을 맞이하기 위한 마차가 아카데미로 찾아왔을 당시, 마부는 상회가 소유한 저택까지 안내해 줄 예정이라고 말했다.

"잠시 실례, 안을 좀 확인해 보겠다!"

왕국의 문장이 새겨진 갑옷을 입은 기사가 마차의 문을 열었다.

"음? 자네들은 기사 아카데미의 후보생들인가?"

"네, 그렇습니다만……."

"무슨 일이 있었나요?"

"며칠 전부터 밤중에 사람이 살해당하는 사건이 빈발하고 있거든. 그래서 시내를 순찰하는 중이다."

"네?!"

"그런 사건이……?"

잉그리스와 라피니아는 아직 왕도에 온 지도 얼마 안 됐거니와, 아카데미는 기숙사제였기 때문에 시내의 상황은 별로 알지 못했다.

"피해자는 전부 마인을 가진 기사들이었다. 마인 포식자라고 하는데 들어봤나 모르겠군."

"범인의 정체를 알아낸 건가요?"

잉그리스가 묻자 기사는 고개를 가로저었다.

"아니, 오리무중이다. 최근에 급격히 세력을 키우고 있는 혈철쇄 여단의 소행일지도 모른다는 의견이 있기는 하다만……. 그 왜,

하이랜더에게 물자를 헌납할 날이 가까워졌잖나. 그것을 방해하기 위해서라나. 어쨌든, 그런 일이 있으니 자네들도 조심하도록."

"알겠어요. 감사합니다."

"조심할게요. 고맙습니다."

두 사람에게 인사를 받은 기사는 마차의 문을 닫고 떠나갔다.

마차가 다시금 움직이기 시작하자, 안에 타고 있던 잉그리스는 씨익 웃음을 지었다.

"후후, 마인 포식자라. 흥미가 동하는걸. 강한 녀석일까?"

"……하아. 또 큰일이 일어날 조짐이 보이네."

"조짐?"

"응. 크리스가 씨익 웃으면 꼭 무슨 일이 터지거든. 내 경험상."

"너무해."

"그건 그렇고, 라파 오라버니가 왕도에 있었다면 바로 대처에 들어갔을 텐데."

"아직 프리즈마를 수송하는 중이랬나?"

"응. 돌아왔다면 연락을 줬을 거야. 게다가 웨인 왕자도 그쪽으로 갔다고 들었어. 에리스 씨도 호위 역으로 함께 갔을걸?"

"즉 왕도는 수비 전력이 부족해진 상태라 이건가. 그런데 어떻게 그렇게 잘 알아?"

"나한테 말을 걸어오는 학생들이 꽤 많잖아? 왕도의 기사 집안 출신이라는 사람이 가르쳐 주더라."

"그렇구나."

이윽고 마차가 다시 멈추더니, 마부가 목적지에 도착했음을 알렸다.

마차가 정차한 곳은 커다란 집들이 늘어서 있는 주택가에서도 특히나 넓은 안뜰을 지닌 저택이었다.

"그대로 안으로 들어가시면 됩니다."

"알겠습니다."

"고마워요."

잉그리스와 라피니아는 정원처럼 잘 가꿔진 안뜰을 걸어 나갔다.

이미 노을마저도 저물어 주변에는 땅거미가 내려앉은 상태였다.

"라니. 잠깐 멈춰."

"응? 왜?"

"거기 가만히 있어."

잉그리스는 그 한마디를 남기고 혼자서 앞으로 걸어갔다.

그리고.

휘휘휘휙!

바람을 가르는 소리와 함께 몇 개의 화살이 잉그리스를 노리고 날아왔다.

"크리스?!"

"괜찮아. 걱정하지 마."

별일 아니라는 듯이 대답하는 잉그리스.

잉그리스의 손이 잘 보이지 않을 만큼 빠른 속도로 움직였다.

이윽고 잉그리스가 손을 멈추자 손가락 사이에 날아온 화살이 모조리 붙잡혀 있는 모습이 보였다.

"저, 전부 막은 거야?!"

"응. 살기를 읽고 있었거든. 역시 레오네의 예상처럼 우리도 원한을 사고 있었던 걸까?"

"함정이라는 거야……?!"

"어쩌면. 하지만……."

파바바바밧!

잉그리스는 손가락 사이에 있던 화살을 일제히 투척했다.

"우와아앗?!"

"아야야야얏?!"

"무, 무슨 황당한……!"

"화살을 던져서 반격하다니?!"

정원수 뒤에 숨어있던 남자들이 비명을 내지르며 튀어나왔다.

"나는 이런 대접도 환영이야."

잉그리스는 행복한 듯이 미소 지었다.

"……아아. 또 무슨 일이 벌어질 얼굴이다."

라피니아가 하아, 하고 한숨을 내쉬었다.

"허둥대지 마라, 녀석들아! 움직임만 잘 읽으면 고전할 것도 없어. 어이, 아가씨. 내가 상대해 줄 테니 덤벼 보시지."

뺨에 흉터가 있는 건장한 남자가 걸어 나오더니 잉그리스의 앞을 가로막았다.

손에는 중급 마인이 빛나고 있었다.

"그럼 잘 부탁드립니다."

"그래. 있는 힘껏 덤벼 봐라……아아아아아악?!"

앞으로 돌진한 잉그리스가 가볍게 팔꿈치 공격을 내질렀다. 팔꿈치에 맞은 남자는 그대로 튕겨 날아가 저택의 벽에 처박혔다.

의식을 잃었는지 남자는 두 번 다시 일어나지 못했다.

"자, 다음 분 오세요."

잉그리스가 남자들을 향해 빙그레 웃었다.

"""히이이이익?!"""

남자들은 주저앉으며 비명을 내질렀다.

"잠깐! 네 실력은 아주 잘 알았다! 우리가 잘못했어. 이쯤에서 봐줘!"

저택의 건물 쪽에서 젊은 남성이 다가와 잉그리스에게 머리를 숙였다.

"에이, 그런 말씀 마시고…….'"

잉그리스는 눈앞에서 머리를 숙이는 남자에게 미소를 지으며 말했다.

"당신도 저하고 한번 겨뤄보는 게 어때요? 재밌을 것 같은데."

청순가련한 생김새가 무색할 정도로 호전적인 도발이었다.

청년은 당황하며 고개를 내저었다.

"돼, 됐어! 사양하지! 내 실력도 고작해야 저기에 뻗어있는 녀석과 비슷한 수준이다. 너하고 싸워봤자 상대도 안 될걸."

"이런, 겸손하시긴."

"거, 겸손은 무슨! 실망하게 해서 미안하다!"

"그런가요? 아쉽네요."

"무, 무진장 예쁘게 생겼으면서 무지막지한 무투파구나……. 어, 어쨌든 실력도 몰라보고 함부로 시험해서 미안하다. 나는 팔스 푸아고다. 란바 상회의 대표를 맡고 있지."

"당신이 대표였나요? 잉그리스 유크스라고 합니다. 처음 뵙겠어요."

"사실 우리가 초면은 아니야. 저쪽에 있는 라피니아 빌포드 아가씨도 그렇고."

"어라? 저희가 누군지 알고 계신 건가요?"

"그래. 10년쯤 전이었나? 우리 무장 행상단이 유미르 기사단과 함께 수행한 적이 있었잖아? 나도 그 자리에 있었거든. 그렇게 작던 두 사람이 대단한 미인이 되었구나. 10년이란 세월도 순식간인걸."

"과연. 그때 그 사람들이었군요."

"일단은 안으로 들어와. 식사를 준비해 놓았다. 어쨌든 보답을 하기 위해서 너희들을 초대한 거니까."

"와아♪ 밥이다! 실컷 먹어야지!"

"라니, 어른스럽게 굴어야지. 칠칠찮게."

"하하하. 괜찮아. 여기까지 왔으니까 마음껏 먹도록 해."

팔스가 넉살 좋게 웃으며 말했다. 하지만 그로부터 한 시간 뒤.

"너, 너희 정말로 엄청나게 먹는구나?!"

식탁 위에 사정없이 쌓여가는 빈 그릇의 수를 보며 팔스가 비명을 내질렀다.

"음~ ♪ 교내 식당의 음식도 좋지만 역시 이쪽이 더 고급스러워. 맛있어~ ♪"

"우리 용돈으로는 이만큼 못 먹을 거야. 이 틈에 잔뜩 먹어두자."

"응. 그리고 레오네한테 가져다줄 음식도 싸달라고 하자."

"그래."

"저기요. 음식 좀 포장해 갈 수 있을까요?"

"그, 그래. 어이! 누가 와서 포장해 줘라."

""고맙습니다.""

잉그리스와 라피니아는 사랑스러운 미소를 지으며 팔스에게 감사를 표했다. 그리고 다시금 요리로 손을 뻗었다.

"아직 더 먹는 거냐?! 이것 참…… 뭐, 됐어. 먹으면서도 괜찮으니까 이야기를 좀 들어주지 않을래?"

"먼헤효? (뭔데요?)"

"히하기? 그허헤효. (이야기? 그러세요.)"

두 사람은 스테이크를 한입 가득 물고 대답했다.

"우리 상회가 어떤 상황인지는 아까 설명으로 대충 이해했을 거야. 선대인 란바 씨와 그 아들인 라알 씨는 하이랜드의 시민권을 얻자마자 상회를 내팽개치고 떠나버렸어. 하지만 남겨진 우리는 그대로 있을 수도 없는 노릇이라 어찌어찌 상단을 계속 이끌었지. 그런 상황이다 보니 라알 씨가 유미르에서 살해당했다는 이야기를 들었을 때도 딱히 복수심이 들지는 않았어. 따지고 보면 우리도 그 인간들한테 버려진 신세니까. 보나 마나 하이랜더가 되면서 더 거만해졌을 테지. 그러다가 원한을 잔뜩 샀을 테고. 원래부터 인품이 썩 좋은 사람은 아니었으니까. 라알 씨는 특히 더 그랬지. 그 호수에서 우리가 너희랑 마주친 건 정말로 단순한 우연이었어. 그리고 우연히 우리를 구해준 너희들에게 부탁이 있다."

""부학이한 헤 먼하효? (부탁이란 게 뭔가요?)""

마침 두 사람은 기름에 튀긴 새고기를 한입 가득 베어 물고 있었다.

"……정말로 먹으면서 듣는구나. 난 제법 심각한 이야기를 하고 있다만. 아니, 딱히 뭐라고 하는 건 아니다."

팔스는 헛기침을 한 다음 말했다.

"실은 이번에 하이랜드와 국왕 사이에서 커다란 거래가 있을 예정이거든. 우리도 거기에 한 숟가락 얹게 되었어. 하지만 요즘 분위기가 좀 흉흉하잖아? 혈철쇄 여단이 거래를 방해하려고 무슨 짓을 해올지도 모른다는 소문이 자자해. 그야 당연히 왕국도 경비를 세우겠지만, 어차피 그건 나라와 하이랜드의 높으신 분들을 지키는 게 목적일 거야. 우리한테 무슨 일이 있더라도 모르는 척하겠지. 그래서 우리는 우리 나름대로 실력이 있는 호위를 고용하기로 했어. 무장 행상단이 호위를 구한다니 한심할 따름이다만, 현실은 인정해야지. 어때, 보수는 두둑하게 챙겨줄 테니 거래 현장에서 우리의 호위를 맡아주지 않을래?"

잉그리스와 라피니아는 우물우물 입을 움직이며 얼굴을 마주 보았다.

"……흑, 무흔 일히 행히면 헐털해 혀한과 하휘달하 이 마히구하. (……즉, 무슨 일이 생기면 혈철쇄 여단과 싸워달라 이 말이구나.)"

"흐하. 호 크힛흐의 나픈 버흐히……. (하아. 또 크리스의 나쁜 버릇이…….)"

"이험하히까 라히흔 간둘해? (위험하니까 라니는 관둘래?)"

"할 허야. 용혼도 히요하호, 어허면 헤호헤도 히훈을 하힐히 모흐한하? (갈 거야. 용돈도 필요하고, 어쩌면 레오네도 기운을 차릴지 모르잖아?)"

"그헐히호 모흐헤하. 힐단 도하가허 교항 헌행님화 이하기흘 하휘보하. (그럴지도 모르겠다. 일단 돌아가서 교장 선생님과 이야기를 나눠보자.)"

팔스는 한숨을 푹 내쉬었다.

"그래, 그래. 뭐라고 하는지는 전혀 모르겠다만, 좋은 내용이길 바라마……."

이윽고 라피니아와 이야기를 마친 잉그리스가 입속의 음식물을 삼킨 뒤 대답했다.

"돌아가서 아카데미의 교장 선생님과 상담해 볼게요. 허락이 떨어지면 의뢰를 수락하겠습니다."

"오오, 그래? 잘됐군! 고맙다!"

"저야말로요."

잉그리스가 웃는 얼굴로 대답했다.

만약 호위 도중에 무슨 일이 벌어진다면 최전선에서 강적과 싸울 가능성이 있다.

좀처럼 얻기 힘든 실전 기회였다. 자고로 실전만큼 훌륭한 수행은 없는 법이다.

보수까지 쥐여주면서 이런 기회를 제공해 준 무장 행상단이 고마울 지경이었다.

이야기를 마친 뒤, 잉그리스와 라피니아는 학교로 돌아가는 마차에 올랐다.

"그러고 보니 왕도에 연쇄 살인마가 출몰한다고 했었지. 마침 우리 앞에 나타나거나 하지 않으려나?"

"기대하지 마! 크리스도 참……! 나는 입 다물고 있을 거야. 말이 씨가 된다는 말도 있으니까!"

끄아아아아아악!

우와아아아아악!

깊은 어둠 속에서 찢어지는 듯한 비명이 들려왔다.

"오? 좋은 식후 운동이 될지도 모르겠다."

잉그리스는 곧바로 마차 밖으로 뛰어내렸다.

"어휴, 못 말려……!"

콰아아앙!

라피니아가 마차에서 내린 순간, 마차 위쪽의 시계탑이 번쩍이는 무언가와 충돌하며 무너져 내렸다!

"라니! 위험해!"

잉그리스는 높이 뛰어올라 커다란 벽돌과 잔해들을 튕겨내고 시계탑을 받아냈다.

바닥에 착지한 잉그리스는 몸보다 커다란 시계탑의 첨탑 부분을 짊어지고 있었다.

"괜찮아?"

"응. 고마워, 크리스."

라피니아에게는 익숙한 일이었지만 마부는 경악을 금치 못했다.

"어, 엄청난 아가씨인걸. 마인도 없는데……!"

"여기서 기다려 주세요. 상황을 살피고 올게요."

잉그리스는 소리가 들려온 방향으로 내달렸다.

시계탑을 파괴한 건 빛 덩어리였다.

번개를 뭉쳐 만든듯한, 짐승의 모습을 한 빛 덩어리.

수년 전, 잉그리스는 그것을 본 적이 있었다.

잉그리스는 뒷골목으로 진입해 두세 개의 모퉁이를 꺾어 들어갔다.

이윽고 그곳에서 그를 발견했다.

보랏빛의 가시 손목 보호대를 차고 있는 남자.

한편, 그의 맞은편에는 이질적인 분위기의 인간이 서 있었다. 그 인간의 몸에는 여러 개의 빛나는 마인이 새겨져 있었다.

"레온 씨……?!"

잉그리스가 자기도 모르게 레온의 이름을 외쳤다.

"……?!"

잉그리스의 목소리를 듣고 고개를 돌리는 레온. 그의 얼굴은 놀라움으로 물들어 있었다.

역시 레온이었다. 틀림없었다.

주위에는 낯익은 뇌수들까지 거느리고 있었다.

"잉그리스냐……?! 못 본 사이에 훨씬 예뻐졌구나……!"

"어째서 당신이 이곳에……?!"

레온은 혈철쇄 여단에 들어갔을 터였다.

그렇다면 혈철쇄 여단이 이곳에서 무슨 짓을 벌이려 한다는 이야기가 사실이었나?

팔스가 말했던 것처럼 하이랜드와의 거래를 훼방 놓으려는 속셈일까?

어쩌면 연쇄 살인마 소동도 그 일환일지 몰랐다.

하지만 속단하기는 일렀다. 잉그리스는 레온과 마주 서 있는 기이한 모습의 남자를 쳐다보았다.

전신에 여러 개의 마인이 새겨져 있는 괴인이었다.

얼굴에는 은색의 가면을 쓰고 있어 생김새는 알 수 없었다.

왕도를 순찰하던 기사는 연쇄 살인마가 마인을 가진 인간만을 습격하고 있다고 말했다.

마인 포식자.

레온보다는 가면의 남자 쪽이 더 범인에 가까워 보였다.

게다가 서 있는 위치로 보건대 레온은 가면의 남자와 대치하고 있는 듯했다.

그런데 그때.

"터져라!"

뇌수들이 굉음을 내며 폭발했다. 눈을 뜨기 힘들 정도의 빛이 주변을 뒤덮었다.

"큭……!"

제아무리 잉그리스라도 짧은 순간 눈을 감을 수밖에 없었다.

"그럼 난 간다! 여기는 너한테 양보할게!"

어디선가 레온의 목소리가 들려왔다.

다시 눈을 떴을 때, 레온의 모습은 온데간데없이 사라진 후였다.

여전히 도망치는 재주 하나는 뛰어나군.

하지만 이것으로 끝이 아니었다.

레온과 대치하던 마인투성이의 괴인이 남아있었다.

"……당신은 누구죠? 마인을 지닌 사람들을 습격한다는 연쇄 살인마가 당신인가요?"

마인은 한 사람당 하나가 보통이다.

사람마다 타고난 마나의 성질에 맞춰 마나를 운용할 수 있게 해 주는 게 목적이기 때문이다.

마나를 자력으로 감지하고 제어할 줄 모르는 이 시대 사람들을 위한 조치였다.

하지만 이 괴인에게서는 마인의 숫자만큼이나 다양한 마나의 파장이 느껴졌다.

마인이 여럿인 만큼, 마나도 여러 사람의 몫을 한 몸에 지닌 모양이었다.

그 숫자를 합하면 무려……. 거기까지 생각한 잉그리스는 자기도 모르게 입가를 씨익 비틀었다.

아무래도 오랜만에 붙어볼 만한 상대와 만난 듯했다.

"괜찮다면 저도 습격해 주지 않으실래요?"

"필요…… 없다. 맛없어 보이는…… 여자다."

약간 더듬거리는 목소리로 괴인이 대답했다.

"너무해라. 이래 봬도 예쁘다고 평판이 자자한 몸인데요."

"겉모습 따위 아무래도…… 좋아. 중요한 건…… 마나다."

"그럼 이건 어때요?"

잉그리스는 전신을 뒤덮은 에테르를 마나로 변환해 보였다.

"오오오오오오?!"

광기 어린 환성이 터져 나왔다.

"내놔아아아아!"

괴인은 당장이라도 잉그리스를 덮칠 것처럼 손을 뻗었다.

"네, 얼마든지. 가져갈 수 있다면 말이지만요."

잉그리스는 빙그레 웃으며 괴인에게 까딱까딱 손짓했다.

"그아아아악!"

자세를 낮춘 괴인이 짐승과도 같은 포효와 함께 돌진해 왔다.

꽤 빠른걸!

하이랄 메나스의 속도와 맞먹을지도 몰랐다.

하지만 반응하지 못할 정도는 아니었다.

맹렬한 기세로 날아오는 주먹과 발차기, 몸통 박치기를 잉그리스는 종이 한 장 차이로 간파해 회피했다.

"그오오옷?!"

공격이 맞지 않자 초조해지기 시작했는지 남자의 공격이 점점 과격해져 갔다.

"왜 그러시죠? 그 마인의 힘을 보여주세요."

아래서 올려 치는 주먹을 피한 잉그리스는 그대로 상대방의 옆구리에 장타를 꽂아 넣었다.

장타를 맞은 괴인은 근처의 폐가를 둘러싸고 있던 담벼락을 뚫고 지나가 건물 벽에 처박혔다.

"가아악?! 크큭……."

상당한 충격을 받았을 터였다. 하지만 괴인은 아무 일도 없었다는 듯이 몸을 일으켰다.

제법 훌륭한 내구력이었다. 잉그리스는 즐거워졌다.

괴인의 몸에 새겨진 마인들 중 몇 개가 한층 환하게 빛났다.

쩌저적, 하고 뭔가가 얼어붙는 소리가 나더니, 괴인의 두 손에 날카로운 얼음의 칼이 나타났다.

얼음의 검을 생성하는 효과를 지닌 마인이었던 모양이다.

괴인은 다시금 땅을 박차며 잉그리스를 향해 돌진해 왔다.

아까보다 빨라!

"과연……!"

잉그리스는 난무하는 두 자루의 얼음의 칼을 춤추듯 화려한 움직임으로 회피해 나갔다.

그러던 와중, 괴인의 몸에서 또 다른 마인이 빛을 발했다. 그러자 놀랍게도 상대의 모습이 눈앞에서 사라졌다.

"……?!"

휘잉, 휘잉, 휘잉!

그리고 적은 투명해진 상태로 공격을 계속해 왔다.

잉그리스는 상대방의 기척과 공기의 흐름, 소리에 의지해 공격을 회피했지만, 처음 공격에 비하면 피하기가 훨씬 힘들었다.

은색의 머리카락 끝부분이 적의 칼날에 닿아 우수수 떨어져 내렸다.

"……제법이군요!"

계속 피해봤자 궁지에 몰리기만 할 뿐이었다. 그렇다면…….

잉그리스는 보이지 않는 괴인의 움직임을 예측해 그의 두 손목을 움켜쥐었다.

"어떻……게?!"

괴인으로부터 당혹감이 전해져 왔다.

"이제 막 시작이에요……. 아직 남겨둔 마인도 전부 사용해 주세요. 어렵게 만난 사이잖아요? 부탁할게요."

"크……윽……!"

잉그리스가 나름대로 애교를 담아 부탁했다.

하지만 오히려 상대를 겁먹게 해버린 모양이었다.

"가아아아악……!"

텅 빈 허공에서 괴인의 목소리가 울려 퍼졌다.

그러자 불꽃의 탄환과 얼음덩어리, 날카로운 돌 파편이 잉그리스를 에워싸듯 나타났다.

"?!"

피해야 한다. 잉그리스는 괴인의 손목을 놓고 회피할 준비를 했다. 하지만…….

무언가가 자신의 어깨를 붙잡는 것이 느껴졌다. 그것은 잉그리스에게 바짝 달라붙어 움직임을 저지했다.

"응……?"

무언가의 정체는 모습을 감추고 있던 괴인 본인이었다. 괴인은 더 모습을 숨길 필요가 없다고 판단했는지 투명화를 해제했다.

잉그리스가 기껏 손목을 붙잡아 공격을 막았건만, 상대방은 오히려 더 밀착해 이쪽의 움직임을 봉쇄한 것이다.

현재 두 사람의 주위를 둘러싸고 있는 것은 다채로운 속성을 지닌 무수한 탄환들.

여러 사람이 동시에 마법을 발동시킨 수준의 물량이었다.

이만한 공격에 휘말리면 본인도 무사하지는 못할 것이다.

자멸할 각오로 쏠 작정인가……?!

"여자의 힘으로는 빠져나갈 수 없겠……지. 죽어라!"

허공에 있던 불과, 얼음, 돌덩어리가 일제히 들이닥쳤다.

피하고 싶어도 괴인이 잉그리스를 단단히 붙잡고 있어 움직일 수 없었다.

뿌리치려고도 해봤지만, 꿈쩍도 하지 않았다.

이대로는 잉그리스도 공격에 휘말릴 것이다. 하지만.

"……허락도 없이 여자아이를 끌어안다니, 곱게 넘어가진 못하겠네요."

잉그리스는 자신에게 걸려있던 중력 마법을 해제했다.

몸 전체를 짓누르고 있던 무게감이 순식간에 사라졌다.

얼마 전에 습득한 중력 마법은 수행에 더없이 좋은 마법이었다.

그래서 잉그리스는 특별한 이유가 없으면 늘 자신에게 높은 중력을 걸어놓고 생활하고 있었다.

"하아아앗!"

오로지 힘만으로 괴인의 구속을 푼 잉그리스는 높이 뛰어 텅 빈 위쪽으로 빠져나갔다. 위쪽이 비어있는 걸 봐서는 괴인도 잉그리스가 뛰어서 빠져나가리라고는 생각하지 못했던 모양이다.

잉그리스는 폐가의 벽을 차고 지붕으로 올라가며 눈으로 아래쪽의 상황을 살폈다.

잉그리스를 놓친 괴인은 자신이 만들어 낸 수많은 탄환의 집중 포화 속에 홀로 남겨졌다.

불꽃의 탄환과 얼음덩어리, 돌 파편들이 일제히 괴인을 엄습했다.

하지만 괴인의 공격은 마치 아무 일도 없었다는 듯, 괴인에게 닿기 전에 흡수되듯이 사라졌다.

결과적으로 괴인은 상처하나 없이 궁지를 벗어났다.

"자기가 쏜 탄환을 자기가 흡수했어……?"

그래서 그런 무모한 선택을 할 수 있었던 건가.

본인에게 아무런 피해가 없다면 확실히 효율적인 전술이었다.

잉그리스가 적의 무리로 돌격하면 라피니아가 그 위에 빛의 화살비를 뿌리는 통칭 '미끼째로 싹쓸이!' 작전과 비슷한 발상이었다.

"크크크큭……."

괴인도 잉그리스를 쫓아 폐가의 지붕으로 뛰어올랐다.

그의 손아귀에는 다시금 두 자루의 얼음의 칼이 쥐어져 있었다.

다시 모습을 감추고 베어 들어올 작정인 듯했다.

게다가 적은 자신의 공격에 맞을 걱정이 없었다. 여차하면 검을 휘두르면서 아마 온갖 공격 마법을 난사하리라.

그렇게 되면 맨손으로 전부 피하거나 받아넘기기에는 약간 버거울지도 몰랐다.

그렇다면 이쪽도…….

잉그리스는 눈앞에서 작용하고 있는 마나의 움직임을 재현해 보았다.

아까는 자신에게 중력을 거느라 미처 시도하지 못했지만, 지금은 중력을 해제한 상태이므로 여유가 있었다.

잉그리스는 에테르를 마나로 변환시켜 마법을 사용할 수 있었다. 다만 사용할 수 있는 마법은 한 번에 하나뿐이다.

대신, 에테르를 이용한 기술과 동시에 운용하는 것은 가능했다. 현재 잉그리스의 숙련도로는 에테르와 마법을 각각 하나씩 발동하는 정도가 한계였지만.

쩌저저적!

무언가가 얼어붙는 소리와 함께 잉그리스의 손아귀에 얼음의 검이 나타났다.

"좋아. 성공이야."

이것으로 공격을 받아넘길 수단이 생겼다.

가끔은 검을 사용해서 싸우는 것도 괜찮아 보였다.

육탄전만 고집하다가 검술 실력이 녹슬기라도 하면 손해니까.

"자, 다시 제대로 해볼까요. 부디 전력으로 임해 주세요."

괴인의 모습이 스윽 사라졌다.

몸을 투명하게 만드는 능력은 상당히 마나의 움직임이 상당히 복잡했다. 지금 잉그리스의 실력으로는 재현하기 어려워 보였다.

발소리가 가까워지고, 곧이어 보이지 않는 얼음의 칼날이 엄습해 왔다.

잉그리스는 보이지 않는 적의 움직임을 머릿속으로 보완해 공격을 받아넘겼다.

카앙, 카앙, 카앙, 카앙!

얼음의 검이 맞부딪치며 나는 소리는 철과 철이 부딪치는 소리와 달리 악기처럼 맑게 울려 퍼졌다.

"지금이다……. 죽어라!"

불꽃의 탄환과 얼음덩어리, 돌 파편이 일제히 나타나 전방위를 뒤덮었다.

아까와 같은 공격이었다. 다만 이번에는 머리 위까지 펼쳐 도망갈 길도 꼼꼼히 막아놓았다.

"뭐, 이 정도는 예상했지만요."

잉그리스는 보이지 않는 적과 검을 맞부딪치며 나누며 쏟아져 내리는 탄환을 처리해 나갔다. 어떤 것은 피하고, 어떤 것은 얼음의 검으로 받아넘겼다.

흡사 춤을 추는 듯한 잉그리스의 움직임은 무척이나 유려하고 우아했다.

마주 서 있던 괴인조차 넋을 잃고 바라볼 정도였다.

"오, 오오……?!"

"손이 멈춰 있어요."

잉그리스는 움직임을 반전시켜 공세에 나섰다.

잉그리스가 휘두르는 검의 속도가 한층 빨라졌다. 얼음의 검이 부딪치며 나는 소리에도 긴박감이 묻어나기 시작했다.

보이지 않는 괴인이 점차 수세에 밀리기 시작하더니…….

서걱!

마침내 잉그리스가 쥐고 있던 얼음의 검이 괴인의 오른팔을 잘라냈다.

"으아아아아아아악?!"

비명과 함께 잘려 나간 팔이 바닥에 툭 떨어지며 모습을 드러냈다.

뒤를 이어서 몸부림치는 괴인의 모습이 천천히 모습을 보이기 시작했다.

본인의 집중이 흐트러진 탓일까. 아니면 마인이 새겨진 왼팔을 잘라냈기 때문일까. 현재로서는 알 방법이 없었다.

심하게 몸부림치던 괴인은 결국 지붕에서 떨어지고 말았다.

"크리스! 크리스?! 여기에 있어……?!"

바로 그때, 라피니아의 목소리가 울려 퍼졌다.

아래쪽 골목길에 잉그리스를 쫓아온 라피니아의 모습이 보였다.

"라니! 위험하니까 물러나!"

운이 없게도 라피니아가 모습을 드러낸 장소는 지붕에서 떨어진 괴인의 코앞이었다.

"그아아아악!"

"꺄악?! 뭐, 뭐야 이건?! 혹시 마인 포식자?!"

"내놔, 내놔라……! 더 많은 마나를! 내놔아아아!"

괴인은 다짜고짜 라피니아를 향해 도약했다. 그야말로 다친 짐

승처럼 저돌적인 돌진이었다.

"어딜······!"

라피니아도 자세를 취했지만, 반응이 살짝 늦었다.

이대로는······.

"그렇게는 안 돼! 하아아아압!"

라피니아를 지키기 위해서라면 힘을 아낄 필요 따위는 없다.

잉그리스는 전력으로 에테르 셸을 발동시켰다.

지붕을 박차고 날아간 잉그리스는 괴인도, 라피니아도 눈치채지 못할 정도의 속도로 두 사람 사이에 파고들었다.

직후, 얼음의 칼날이 한 줄기의 푸른 섬광을 발했다.

"······기억해 두시길. 저한테는 무슨 짓을 해도 상관없지만, 라피니아에게 손을 댔다가는 죽음을 면치 못할 겁니다."

그렇게 말한 뒤 잉그리스는 굳게 다물고 있던 입술을 훗, 하고 비틀었다.

"뭐, 지금 경고해 봤자 소용없나."

"그, 그러게······."

등 뒤의 라피니아가 잉그리스의 어깨 너머로 조심스레 고개를 내밀며 대답했다.

두 사람의 눈앞에는 세로로 반 토막 나버린 괴인의 시체가 널브러져 있었다.

"뭐?! 오라버니를 봤다고?!"

아카데미의 여자 기숙사로 돌아온 잉그리스는 레오네에게 레온과 마주쳤다는 사실을 전달했다.

라피니아와도 이야기를 나눈 결과, 숨기지 말고 가르쳐 주는 편이 낫겠다고 판단했다.

적어도 침울해져 있던 레오네를 일으켜 세울 수는 있을 테니까.

무엇보다 가르쳐 주기로 한 것이 옳은 결정이었는지, 아니었는지는 레오네의 곁에서 함께하는 두 사람이 하기 나름이었다.

"어, 어디서……?! 가르쳐 줘! 곧바로 찾으러 가야 해!"

"침착해, 레오네. 가르쳐 주는 거야 쉽지만, 레온 씨는 이미 어딘가로 떠나 버렸어."

"그래도 서두르면 찾을 수 있을지도 모르잖아! 이렇게 가만히 있을 수는 없어!"

"일단 진정하고 들어봐, 레오네! 아직 여러모로 할 이야기가 남아있단 말이야. 린, 부탁해! 레오네를 막아 줘."

라피니아가 어깨 위에 올라가 있던 린을 레오네에게 방생했다.

린은 라피니아와 함께일 경우 어깨나 머리에 올라가 있는 경우가 많았다. 가슴의 사이즈가 부족한 탓일까.

"꺅?! 앗……! 히윽?! 아, 안 돼, 거기는……! 안 된대도, 린……!"

린이 가슴골 사이로 파고들자 레오네는 행동불능에 빠졌다.

잉그리스도 주된 피해자이므로 별로 기쁘지는 않았지만, 어쨌든 지금은 도움이 되었다.

"그 상태로도 괜찮으니까 이야기를 들어봐."

"저, 전혀 괜찮지 않아! 린부터 좀 말려 줘······!"

그렇게 실랑이 끝에 얌전해진 레오네에게 두 사람은 구체적인 경위를 설명해 주었다.

레온만이 아니라 마인 포식자도 그 자리에 있었으며, 잉그리스가 그를 격파했다는 것.

그리고 란바 상회의 팔스로부터 의뢰를 받았다는 것.

혈철쇄 여단이 하이랜드에 물자를 헌납하려는 순간을 노리고 있는 것 같다고 팔스는 말했다.

혈철쇄 여단에 들어간 레온이 왕도에서 목격되었으니 그 말의 신빙성도 올라간 셈이었다.

방해 공작을 준비하기 위해 왕도에 와 있는 것으로 보였다.

그렇다면 레온은 하이랜드와의 거래 현장에 모습을 드러낼 가능성이 컸다.

"다시 말해서, 그 란바 상회의 의뢰를 맡는다면······."

"맞아, 레오네. 그래서 일부러 세 명이 가겠다고 대답해 뒀어. 레온 씨가 나타나면 현장에서 붙잡아 버리면 되는 거야."

"······확실히 설득력이 있는 이야기인걸."

"지금부터 교장 선생님의 허락을 받으러 갈 생각이야. 레오네도 함께 가자."

"알았어. 고마워, 두 사람 모두. 덕분에 오라버니한테 한 걸음 다가갈 수 있겠어!"

세 사람은 곧바로 밀리에라 교장을 방문해 사정을 설명했다.

"……그렇군요. 무슨 말인지 이해했습니다. 게다가 그런 흉악범까지 쓰러트리다니 훌륭하시군요! 정말 대단해요! 반대로 저는 반성해야겠네요. 외출을 허락하자마자 학생들이 위험에 빠지다니……. 죄송합니다."

밀리에라 교장이 머리를 숙였다.

"아뇨, 즐거운 싸움이었어요. 오히려 감사의 말씀을 드리고 싶을 정도예요."

"하하하……. 크리스는 언제나 크리스네. 너무 신경 쓰지 마세요, 교장 선생님. 어차피 늦든 빠르든 졸업해서 기사가 되면 저희가 해야 할 일이니까요."

"그렇게 말씀해 주시니 마음이 조금 편하네요……."

"그럼 교장 선생님, 란바 상회 대표인 팔스 씨의 의뢰를 받아도 괜찮을까요?"

"괜찮죠? 교장 선생님!"

"부탁드려요. 제 손으로 레온 오라버니를……!"

"자, 잠깐 기다려 주세요! 그것과 이것은 별개예요. 마인 포식자 건은 이미 일어난 일이니 어쩔 수 없었다고 쳐도, 이번 의뢰는……."

"네?! 그럼 안 되나요?"

"그럴 수가! 혈철쇄 여단이 나타날지도 모르는데!"

라피니아가 언성을 높이고, 레오네가 절박하게 물고 늘어졌다.

"지, 진정하세요. 즉 하이랜드와 상회의 거래 현장 호위를 나가고 싶다는 말이잖아요? 실은 아카데미에도 기사단으로부터 협력 요청이 들어와 있어요. 현재, 대부분의 플라이 기어 부대는 아르멘 마을의 프리즈마 수송 임무로 차출된 상태고, 아카데미의 상급생들도 수송 현장에서 협력 중이죠. 그래서 학원에 남은 신입생분들께 대신 주변 경계를 부탁드릴 예정이었어요. 이걸로 만족하실 수는 없나요?"

"그건 멀리서 지켜보기만 하는 일이 아닌가요?"

"뭐, 적의 습격이 없다면 그렇게 되겠지⋯⋯."

"그러다 무슨 일이 벌어지면 행동이 늦어질 거예요! 현장에서 가까운 장소가 아니면 안 돼요!"

"강한 적하고 싸우려면 레오네 말대로 하는 편이 좋겠네."

"으음⋯⋯ 특별 과외 학습이라는 명목으로 학생들을 외부에 파견할 때도 있습니다만, 그렇다고 해서 쉬이 허가를 내기에는 너무 위험한 일이에요. 테스트를 치른 다음에 허가 여부를 결정하고 싶은데, 괜찮겠어요?"

"테스트에 전투도 포함되어 있나요?"

"네."

"고맙습니다. 기쁘네요."

"아하하하⋯⋯. 잉그리스 씨는 겉모습부터 태도까지 숙녀나 다름없으면서 정작 터무니없는 전투광이시네요…….”

“네. 싸우는 게 좋거든요. 피가 끓어요.”

그리하여 세 사람은 특별 과외 학습 허가를 받기 위해 테스트에 임하게 되었다.

◆ ◇ ◆

이틀 뒤의 방과 후. 오늘은 테스트가 치러지는 날이었다.

잉그리스 일행은 기사학과와 종기사학과로 나뉘어 수업을 받은 뒤, 바깥의 원형 투기장에서 밀리에라 교장을 기다리고 있었다.

소문을 들은 다른 학생들도 구경하기 위해 투기장 주위에 모여 있었다.

구경꾼 중에는 라티를 비롯한 종기사학과 학생들도 있었다.

“아, 라티.”

“어…… 반가워, 잉그리스. 상태는 좀 어때? 특별 과외 학습을 허가받기 위한 테스트라며?”

“응. 그런데 라티는 방과 후에도 남아서 플라이 기어 훈련을 하고 있지 않았어?”

“괜찮아. 재밌을 것 같아서 구경하러 왔어.”

“아직 뭘 할지도 모르는데? 재미없으면 어떡해.”

“아니, 지금도 충분히 재미있는데.”

"그래?"

잉그리스의 머리 위에서는 라피니아의 마인무구가 발사한 빛의 화살이 엄청난 기세로 쏟아져 내리고 있었다.

잉그리스는 그 화살들을 피하면서 라티와 태연하게 대화를 나누고 있었다.

테스트를 앞둔 준비 운동이었다.

"하하하……. 사람이 엄청나게 빨리 움직이면 분신하는 것처럼 보이는구나."

"그렇게 보여?"

"그래. 잉그리스가 대여섯 명쯤 있는 것처럼 보여. 뭐, 너 같은 미인이 늘어나는 건 세상을 위해서도 좋은 일…… 으악! 무슨 짓이야, 프람?!"

언제 왔는지 라티의 뒤에 프람이 서 있었다.

엄청나게 토라진 표정을 짓고 있었다.

"……저를 놔두고 무슨 말을 하는 건가요, 라티? 저한테 미인이라는 말은 한마디도 한 적 없잖아요. 뭔가 잘못되었다고 생각하지 않으세요?"

"시, 시끄러워. 말 한마디 한 것 가지고……!"

"걱정할 것 없어. 기사학과와 종기사학과가 따로 수업할 때 라티가 그러던걸. 프람이 걱정된다고."

"이, 잉그리스! 쓸데없는 말 하지 마……!"

"와! 정말인가요, 라티?! 대답해 봐요! 정말인가요……?!"

상당히 흐뭇한 광경이었다.

둘이서 대화를 나누도록 내버려 두기로 했다.

"라니, 빛을 더 뿌려줘."

"알았어. 이야아압! 계속 간다, 크리스!"

쏟아져 내리는 빛의 양이 부쩍 늘어났다.

다른 학생들도 환성을 내질렀다.

"오오오오! 엄청나다……!"

"저렇게까지 했는데도 안 맞는 건가!"

"발 디딜 틈도 없을 텐데 어떻게……?!"

마침 그때 밀리에라 교장이 모습을 드러냈다.

"기다리게 해서 죄송…… 으아앗?! 뭘 하고 계신 건가요……! 그렇게 시작부터 체력을 다 썼다가는 테스트 도중에 쓰러져 버릴 걸요?!"

"괜찮아요. 그냥 준비 운동이니까요."

"주, 준비 운동인가요……? 그럼 바로 테스트를 시작하겠어요. 잉그리스 씨, 라피니아 씨, 레오네 씨, 준비는 다 되셨나요?"

"""네.""""

세 사람은 밀리에라 교장 앞에 나란히 서서 대답했다.

"테스트의 내용 자체는 간단해요. 지금부터 여러분을 다른 장소로 보낼 겁니다. 만약 여러분이 제한 시간 내에 돌아오신다면 합격이에요."

"다른 장소?"

"마인무구가 만들어 낸 이공간이에요."

"그런 마인무구도 존재하는군요."

"네, 귀중한 물건이죠. 저희는 그 이공간을 '시련의 미궁'이라 부르고 있어요. 단, 시련의 미궁에서는 육체뿐만 아니라 정신력도 시험받습니다. 상황에 따라서는 무척 괴로울 수도 있어요. 그래도 하실 건가요?"

밀리에라 교장이 평소의 느긋한 표정을 지우며 말했다.

하지만 망설일 이유는 없었다. 세 사람은 입을 모아 "네" 하고 대답했다.

"알겠습니다. 그럼……."

"잠깐만 기다려 주세요!"

그런데 그때, 다른 방향에서 목소리가 들려왔다.

목소리의 주인공은 기사학과의 리제롯테였다.

그녀의 양옆으로는 각각 다른 머리카락 색을 한 쌍둥이가 서 있었다.

잉그리스가 알기로 붉은 머리 소년의 이름은 반, 파란 머리 소년의 이름은 레이였다.

"리제롯테 씨. 무슨 일인가요?"

"특별 과외 학습 허가는 우등생이라는 증거예요. 그것을 동기 중 가장 먼저 따낸다는 것은 그야말로 명예의 상징! 저분들께만 기회를 주는 것은 불공평해요! 저도 테스트를 희망합니다!"

리제롯테의 말도 일리가 있었다.

기회는 공평하게 주어져야 했다.

밀리에라 교장도 그렇게 생각했는지 그 말을 듣고 고개를 끄덕였다.

"확실히 그 말씀대로군요. 그러면 리제롯테 씨의 참가도 인정하겠어요. 달리 참가하고 싶으신 분이 계신다면 신청을 받을게요. 단, 그렇다고 아무나 받을 생각은 없습니다. 그리고 각자 위험을 각오해 주시길."

밀리에라 교장의 말에 다른 몇 명의 학생이 테스트를 받고 싶다고 나섰다.

그중에는 프람도 포함되어 있었다.

"관둬, 프람……! 둔해 빠진 네가 혼자 갔다가는 크게 다친다고!"

"아뇨. 시험을 보겠어요……!"

"교장 선생님, 이 녀석을 멈춰 주세요!"

"제가 보기에, 프람 씨는 테스트를 받을 만한 실력이 있습니다."

"에엑……! 그럼 나도……! 저도 가능한 거죠?!"

"흐음……. 죄송해요."

"역시나……."

"괜찮겠어?"

잉그리스가 걱정이 담긴 목소리로 프람과 라티에게 물었다.

"괜찮아요. 당신한테 지고 있을 수는 없거든요."

"응?"

어째 프람은 잉그리스에게 대항 의식을 불태우고 있는 것처럼 보였다.

잠깐 시선을 뗀 사이에 라티가 프람에게 무슨 말실수라도 한 것일까.

괜히 심기를 건드리는 말만 하지 않았어도 프람이 굳이 나서진 않았을 것 같다는 생각이 들었다.

다만 잉그리스에게는 그녀를 말릴 권리도, 생각도 없으므로 딱히 아무래도 좋았지만.

"그러면 테스트를 개시하겠습니다. 다들 모여 주세요."

교장이 참가자들을 모아놓고 지팡이 끝으로 바닥을 툭 치자, 학생들의 눈앞에 수많은 문이 두둥실 떠올랐다.

그러자 주위에서 "오오!" 하고 환성이 일었다.

"굉장해!"

마나의 움직임이 어찌나 복잡한지, 잉그리스조차 전혀 이해할 수가 없었다.

교장이 들고 있는 지팡이는 단순한 마인무구치고는 너무나도 다양한 능력을 발휘하고 있었다. 혹시 생긴 것만 똑같은 다른 마인무구가 아닐까?

언젠가 자세히 알아보기로 했다.

"자, 여러분. 마음에 드는 문으로 들어가 주세요. 문 너머에는 각자에게 어울리는 시련이 기다리고 있을 겁니다."

잉그리스는 가장 가까운 문 앞에 섰다.

"라니, 레오네. 두 사람도 조심해."

"응, 힘낼게!"

"알았어. 반드시 클리어하겠어!"

세 사람은 각자의 앞에 놓인 문 안으로 들어갔다.

안으로 발을 들이자 문이 닫히며 사라졌다.

그렇게 잉그리스는 어두컴컴한 공간에 홀로 남겨졌다.

"여기는……?"

이곳이 바로 시련의 미궁인가. 어떤 적과 싸우게 될까.

잉그리스는 가슴을 두근거리며 걸음을 내디뎠다.

뭐라고 설명하기 힘든 공간이었다. 다만, 안쪽에 새하얀 빛이
보였다.

저곳을 향해 걸어가면 되는 것일까?

조금 더 걸어가자 눈앞에 불쑥 사람이 나타났다.

그 정체는 며칠 전에 쓰러트렸던 괴인, 마인 포식자였다.

"오오. 마음에 드네."

이 이공간에는 대상의 기억 속에 잠든 적들을 재현하는 능력이
있는 듯했다.

강한 적과 반복해서 싸울 수 있다니, 실로 훌륭한 능력이 아닐
수 없었다.

하지만 잉그리스가 자세를 잡자 괴인은 일그러지듯 사라져 버
리고 말았다.

"어라……?"

잉그리스는 어쩔 수 없이 계속해서 걸음을 내디뎠다.

이번에는 혈철쇄 여단의 수령인 흑가면이 나타났다.

잉그리스는 다시금 싸울 준비를 했지만 흑가면도 모습을 감춰 버렸다.

"뭐지?"

이후로도 여러 인물이 잉그리스의 눈앞에 모습을 드러냈다.

혈철쇄 여단의 하이랄 메나스 시스티아.

마석수로 변해버린 세이린.

마찬가지로 마석수로 변해버린 라알.

전 성기사인 레온.

이 나라의 하이랄 메나스인 에리스.

하지만 다들 싸우기도 전에 모습을 감추었다.

"아, 라니."

어린 시절의 라피니아도 있었다.

지금도 귀엽기는 하지만, 역시 어린아이의 귀여움은 각별했다.

잉그리스는 생긋 미소 지었다.

어린 시절의 라파엘도 있었다.

아버지 류크와 어머니 세레나의 모습도 있었다.

부모의 모습을 보여주니 그리움이 느껴졌다.

오랜만에 얼굴을 보게 되어 기뻤다.

다만, 좀 이상했다. 지금 나타나고 있는 이들은 과거에 알던 사람들일 뿐, 딱히 적은 아니었다.

기억은 어느덧 갓난아기 무렵까지 거슬러 올라갔다.

하지만 이공간은 아직도 한참 이어져 있었다.

그대로 계속해서 나아가자…….

부모를 잃은 미아처럼 불안한 표정을 짓고 있는 어른들이 보였다.

"이건……!"

잉그리스가 다시 태어나기 전. 즉 전생의 기억이었다.

가신들이 나란히 서서 왕의 서거를 지켜보고 있었다.

"전생의 기억……."

그들의 얼굴도 그립기는 마찬가지였지만, 먼저 묻고 싶은 말이 있었다.

"너희들은…… 내가 떠난 이후로 실베르 왕국을 어떻게 통치한 게냐? 인간이 하늘 위에서 같은 인간들을 내려다보는 세상을 만들라고 말한 기억은 없다만?"

세상이 흉흉한 만큼 극한의 무를 추구하기에는 딱 좋은 상황이었지만, 그렇다고 해서 가신들더러 이런 세상을 만들라고 명령한 적은 없었다.

빈말로도 좋아졌다고는 말하기 힘들었다. 어째서 이렇게 된 것일까?

하지만 이들은 어디까지나 이공간이 자아낸 환상.

제대로 된 답변을 해줄 리가 없었다.

"크크큭……. 당신의 시대는 끝났습니다."

"암요. 지난 시대의 왕은 필요 없지요."

"다시 잠들게 해드리겠습니다."

수십 명에 달하는 가신들이 일제히 무기를 꺼내 들고 잉그리스를 포위했다.

잉그리스는 자세를 잡으며 씨익 웃었다.

"재밌구나. 너희도 서류 작업만 하느라 몸이 많이들 굳어져 있을 테지? 수행을 시켜주마. 자, 와라."

잉그리스가 까딱까딱 손짓하자 사방에서 가신들이 일제히 공격해 왔다.

"하아아앗!"

잉그리스는 후방으로 높이 도약했다.

화려한 몸놀림으로 공중제비를 돈 다음, 뒤쪽에서 습격해 오는 적의 등에 발차기를 꽂아 넣었다.

"끄어어억?!"

"으아앗?!"

발차기를 얻어맞고 날아간 적이 왼쪽의 적과 충돌했다. 그리고 잉그리스는 순식간에 그들이 있는 곳까지 이동했다.

"다시 한번!"

중단 돌려차기로 한 번 더 공격을 가하는 잉그리스.

그대로 다시 날아간 두 사람은 다른 자들에게 부딪치며 바닥을 데굴데굴 나뒹굴었다.

"으어어?!"

놀라서 소리치는 또 다른 가신의 눈앞에 잉그리스의 모습이 불쑥 나타났다.

"쓸데없는 말을 할……!"

그의 복부에 장타가 꽂혔다.

"뭐, 뭐가 이렇게 빠르지?!"

잉그리스는 계속해서 다른 가신의 앞으로 이동했다.

"틈이 있거든……!"

이어지는 팔꿈치 가격!

"고, 공격이 안 보여?!"

"전력을 다하란 말이다……!"

그리고 이번에는 체중을 실어 등으로 가신을 들이받았다.

이공간의 벽에 처박힌 가신은 그대로 일그러지듯이 소멸해 버렸다.

"역시 상당히 녹슬었구나, 너희들."

잉그리스는 1분도 채 지나지 않아 환영으로 이루어진 전생의 가신들을 섬멸했다.

그것까지는 좋았으나.

"이크…… 말투가 옛날로 돌아가 버렸네. 조심해야지."

잉그리스는 살짝 반성하며 걸음을 내디뎠다.

시련의 미궁은 아직도 계속되고 있었다.

앞으로 나아가던 잉그리스의 눈앞에 붉은 머리의 청년이 모습을 드러냈다.

서른 살을 조금 넘었을 무렵의 모습이던가.

그렇지만 나이보다 젊어 보이는 잘생긴 사내였다.

"폐하. 오랜만입니다."

남자는 공손하게 인사를 건네며 잉그리스 앞에 무릎을 꿇었다.

"란돌……."

잉그리스 왕의 뒤를 이어 실베르 왕국의 국왕이 될 예정인 사내였다.

문무 양면으로 천부적인 재능을 지녔음에도 오만함에 빠지지 않고 자신보다 남을 먼저 생각하는 사내였다.

잉그리스 대신 디바인 나이트로 선택되었어도 이상하지 않았을 정도의 실력과 고귀한 정신을 갖추고 있었다.

가난한 시골 마을에서 아직 소년이던 란돌을 발견한 잉그리스 왕은 그를 자신의 곁에 두고 보살폈다.

천애 고아였던 잉그리스 왕에게 있어 그는 동생 혹은 아들에 가까운 존재였다.

잉그리스 왕에게는 자식이 없었지만 그래도 후계자는 마련해 놓고 세상을 떠났다.

그것이 바로 이 사내, 란돌이었다.

"……어째서 이런 세상이 되었는지 물어봤자 소용없겠죠?"

이곳은 기억을 재현한 공간에 불과했다.

잉그리스 본인이 모르는 정보를 알려줄 수는 없을 것이다.

"그러합니다, 폐하."

란돌은 그렇게 말하며 검을 뽑았다.

"그렇다면 어서 덤비세요."

"예! 가겠습니다!"

란돌이 파고드는 속도는 가신들과 비교가 되지 않았다.

차원이 다르다고 말해도 좋을 정도였다. 하지만…….

대각선으로 베고 한 바퀴 회전해 다시 횡베기. 그리고 좌우 번갈아 베기까지.

잉그리스는 그 모든 공격을 춤추는 듯한 발놀림으로 피했다.

"으아아아압!"

기합을 넣은 연속 찌르기도 전부 종이 한 장 차이로 회피했다.

척.

마지막 찌르기를 두 손가락으로 잡아내는 잉그리스.

"으그으으윽?!"

"……글렀군요. 이건."

란돌의 모습을 빌린 것치고는 너무 약했다.

아무래도 이 공간이 재현할 수 있는 강함에는 한계가 있는 모양이었다.

잉그리스는 이 정도밖에 안 되는 인물에게 나라를 물려주었다는 오해를 받기는 싫었다.

"별로 유쾌한 테스트는 아니네요."

잉그리스는 그렇게 중얼거리며 상단 차기로 란돌을 날려 버렸다. 벽에 처박힌 란돌은 그대로 소멸했다.

"이대로 계속 나아가면 또 똑같은 현상이 반복되는 건가."

만약 여신 아리스티아의 모습이라도 나타났다가는…….

전생의 잉그리스 왕은 여신 아리스티아에게 연모에 가까운 감정을 품고 있었다.

여신을 연모한 나머지 정조를 지킨답시고 평생 독신으로 살아왔을 정도였다.

그런 여신에게 주먹을 날리고 싶지는 않았다.

하지만 잉그리스가 거부감을 느끼는 이상 여신은 반드시 등장할 것이다. 이곳은 그런 공간이다.

본인의 의심과 후회, 기피의 대상이 되는 것들을 재현해 내 덮쳐오게 만드는 곳.

이를 격퇴하기 위해서는 교장의 말대로 힘뿐만 아니라 정신력 또한 요구될 것이다.

"순순히 어울려 줄 필요는 없겠지."

잉그리스는 머리 위를 쳐다보며 손바닥을 내밀었다.

손바닥에 에테르가 모이면서 푸른 빛의 거대한 탄환이 형성되어 갔다.

이곳은 마인무구가 만들어 낸 이공간이다.

그 마인무구를 상회하는 압도적인 파괴력으로 충격을 가한다면?

떠오른 이상 시험해 볼 뿐!

"에테르 스트라이크!"

쨍그라아아앙!

유리가 깨지는 듯한 소리가 울려 퍼졌다. 에테르 스트라이크가 공간의 벽을 파괴해 뚫고 나간 것이다.

위쪽은 몇 겹의 층으로 이루어져 있는 모양이었다. 천장에 난 구멍은 여러 개의 공간을 관통하고 있었다.

"위쪽에 길이 났으니 올라가 보실까."

잉그리스가 지면을 박차고 도약하려던 그때.

"뭐, 뭔가요, 지금 건······?!"

천장의 구멍에서 기사학과의 리제롯테가 얼굴을 내밀었다.

"과연. 다른 사람의 이공간과 이어져 있구나."

잉그리스는 그렇게 중얼거리며 리제롯테가 있는 곳으로 뛰어 올랐다.

"이, 이건 당신이 벌인 일인가요······?!"

"응. 주어진 길을 따라가기는 싫었거든."

"이런 정체 모를 공간을 파괴하다니. 가당키나 한 일인지······. 다, 당신은 대체 정체가 뭔가요?"

"종기사야. 라피니아 빌포드의."

"그건 알고 있어요, 잉그리스 씨. 당신은 어떤 수업이든 눈에 띄니까요."

"그래?"

"네. 그나저나 라피니아 씨의 종기사라면 라피니아 씨에게 같은 반 학생을 너무 싫어하지는 말라고 전해 주시면 안 될까요? 저는 라피니아 씨를 적대할 생각이 없답니다."

"아, 참. 라니는 레오네 건으로 리제롯테한테 화가 났었지."

"그건 어쩔 수 없는 일 아닌가요? 레오네 씨가 어떤 사람인지를 떠나, 레오네 씨를 둘러싼 상황을 생각한다면 함부로 믿을 수는 없는 노릇이에요. 거리를 두는 게 당연합니다. 저는 국가를 이끄는 재상의 딸이에요. 모든 행동에 신중할 수밖에 없습니다."

"흠, 일단 라피니아한테 그렇게 전해둘게. 그보다 좀 어때? 여기서 무사히 빠져나갈 수 있을 것 같아?"

"상황이 썩 좋지는 못해요. 이곳은 꺼림칙한 기억을 떠올리게 하더군요. 슬슬 지긋지긋하다고 생각하던 참이었어요."

리제롯테가 한숨을 내쉬었다.

"나도 그래. 그래서 억지로 다른 출구를 만들어 보려고. 같이 갈래?"

잉그리스가 더욱 위쪽으로 이어져 있는 층들을 가리키며 말했다.

"재밌군요. 이 성격 고약한 테스트의 의도를 박살 낼 수 있다는 건가요?"

"응. 아마도."

"그러면 함께할게요. 위로 향하실 거죠?"

"응. 가볼까."

잉그리스는 다시 한번 높이 뛰어오르기 위해 무릎을 굽혔다. 그때.

"잠시만요. 굳이 힘들게 뛰어 올라갈 필요는 없어요."

리제롯테의 등에 순백의 날개가 생겨났다.

그녀는 할버드처럼 생긴 마인무구를 들고 있었는데, 이 날개가 바로 기프트 효과인 모양이었다.

"제 손을 잡으세요. 위까지 옮겨 드릴게요."

"고마워."

리제롯테의 손을 붙잡자 몸이 두둥실 떠올랐다.

두 사람은 몇 개의 층을 통과해 위로, 더욱 위로 향했다.

그렇게 어느 층에 도착하자 목소리가 들려왔다.

"그만둬! 오라버니한테 무슨 짓을 할 생각이야?!"

작은 여자아이의 목소리였다.

"거기서 비켜! 넌 잘못 행동하고 있어! 그런 인간을 감싸줄 필요는 없다고!"

그리고 이번에는 레오네의 목소리가 들려왔다.

대체 무슨 일이 벌어지고 있는 것일까.

"레오네……?!"

마인무구인 검은색의 대검을 거머쥔 레오네는 곳곳에 상처를 입은 채로 거친 숨을 내쉬고 있었다.

맞은편에 서 있는 것은 어린 시절의 레오네일까? 생김새가 꽤 흡사했다.

소녀는 필사적인 표정으로 두 팔을 벌리며 레오네의 앞을 가로막고 있었다.

뒤쪽에 있는 것은 아마도 소년이던 시절의 레온이리라.

"다가오지 마! 오라버니는 성기사가 되었단 말이야! 모든 사람의 희망이야! 어째서 오라버니를 괴롭히는 거야?!"

작은 레오네는 울먹이며 레오네를 말렸다.

"그런 건 겉치레야! 아무런 의미도 없는 거라고! 언젠가 너도 알게 될 거야!"

레오네는 작은 레오네를 향해 검을 치켜들었다.

설령 이공간이 만들어 낸 환영임을 안다고 하더라도 과거의 자신을 벤다는 것이 괴롭지 않을 리가 없었다.

"이놈, 내 아들이 성기사로 임명된 경사스러운 날에 감히!"

"여러분! 레온을……! 레온을 지켜주세요!"

그렇게 말하는 두 사람은 레온과 레오네의 부모님일까.

"아버지, 어머니……!"

레오네는 입술을 깨물며 감정을 억누르고 있었다.

그런 그녀를 다른 기사들이 포위했다.

"레온 님을 지켜라!"

"썩 꺼져라, 이 악당아! 우리 아르멘 마을의 자랑을 빼앗을 셈이냐!"

"목숨과 바꿔서라도 그렇게 놔두지는 않겠다!"

레오네의 자랑이었던 오빠 레온에 관한 기억들이 이 시련의 미궁에서 전부 적으로 돌아선 것이 분명했다.

레오네는 상당한 격전을 치른 듯했다. 그 증거로 레오네의 몸에는 많은 상처가 있었으며, 마나도 상당히 소모한 듯 보였다.

"무슨 말을 해도 소용없어! 나는 당신들을 쓰러트리고 나아갈 거야! 레온 오라버니를 쓰러트릴 거야!"

레오네가 외쳤다. 자기 자신에게 하는 말이기도 했을 것이다.

자신의 기억 속에 있는 즐거웠던 추억들을, 긍지와 영광을 비롯한 모든 것들을 부정해야만 한다고 레오네는 외치고 있었다.

그 모습은 비장했고, 또 가여웠다.

마음에 상처를 입은 자일수록 더욱더 흉악한 이빨을 드러내는 이 공간은 역시 악취미라고밖에 표현할 말이 없었다. 도저히 좋아할 수가 없었다.

"이런 추억까지 적으로 돌릴 정도라니⋯⋯. 레오네 씨는 정말로 나라를 배신한 오라버니를⋯⋯."

무언가 느낀 바가 있었는지 리제롯테가 복잡한 표정으로 중얼거렸다.

"난 레오네를 도와주고 올게. 먼저 올라가도 좋아."

잉그리스는 리제롯테의 손을 놓으며 허공으로 몸을 날렸다.

"공격해라!"

"가자!"

"우오오오옷!"

마침 그때 적들이 레오네를 향해 일제히 들이닥쳤다.

"한꺼번에 베어주겠어!"

레오네는 마인무구인 검은색의 대검에 힘을 불어넣었다.

아마도 검을 거대화시켜 넓은 범위의 적들을 단숨에 베어 넘길 작정이리라.

다수의 적을 상대할 때 레오네가 주로 사용하는 전법이었다.

하지만 마인무구는 칼날이 잠깐 빛나기만 했을 뿐, 아무런 변화도 일어나지 않았다.

"큭……?! 벌써 힘이 다했다고?! 그럴 리 없어! 아직 싸울 수 있단 말이야!"

아무래도 계속 전투를 이어가며 마나를 거의 다 소모해 버린 모양이었다.

마인무구가 형태 변화를 일으킬 만큼의 마나 조차 없는 것이다.

하지만 기사들은 그런 레오네에게 우르르 덤벼들었다.

레오네는 대검을 바닥에 박아 넣다시피 하며 좌우에서 날아온 기사들의 검을 막았다.

상급 마인무구로 강화된 힘 덕분이었다. 하지만…….

"너희도 어서 와서 도와! 다 같이 밀어붙여!"

"""우-오-오-오-오-오!"""

추가로 네다섯 명의 기사들이 레오네의 대검에 검을 들이댔다.

"크으윽……!"

가뜩이나 마나 부족에 시달리고 있던 레오네는 기사들을 밀어내지 못했다. 팽팽한 힘겨루기가 시작되었다.

"뒤를 잡았다!"

기사 중 한 명이 레오네의 등 뒤로 돌아왔다.

"그게 뭐 어쨌다는 건데!"

뒤쪽에서 공격해 들어오는 기사의 복부에 레오네의 강렬한 발차기가 꽂혔다.

등 뒤의 적은 격퇴했지만, 문제는 앞쪽이었다.

지금의 발차기로 인해 레오네는 2, 3보 정도 뒤쪽으로 질질 밀려났다.

"큭……!"

자세가 완전히 무너졌다. 이대로는 당하고 말아!

바로 그때, 옆쪽에서 누군가가 빠른 속도로 레오네를 엄습해 왔다.

"우오오오옷! 내 목숨과 바꿔서라도 레온을 지키겠다!"

단창을 거머쥔 레오네의 아버지가 우렁찬 기합과 함께 찔러 들어온 것이다.

다른 기사들보다 뛰어난 속도와 위력이었다.

"아버지……!"

피할 수 없는 공격임을 직감한 순간, 레오네의 눈에서 지금까지 쌓여있던 눈물이 스며 나왔다.

흐릿하게 일그러진 레오네의 시야에 비친 것은…….

달빛으로 한올 한올 수놓은 듯한 아름다운 은발이었다.

"잠시 실례할게요."

레오네의 아버지 옆얼굴에 잉그리스의 장타가 정통으로 꽂혔다.

"끄어어어어어억?!"

얼굴이 이상한 각도로 일그러지는가 싶더니, 레오네의 아버지는 무서운 기세로 날아가 이공간의 벽과 충돌했다.

그렇게 그는 긴 단말마를 남기고 소멸해 버렸다.

하지만 아직 끝이 아니었다. 레오네를 밀어붙이던 기사들의 옆쪽으로 이동한 잉그리스는 그들의 옆구리에 발차기를 날렸다. 한 대, 두 대.

"""으아아아아악?!"""

레오네를 밀어붙이던 기사들이 괴멸했다.

"아직 멀었어요……!"

잉그리스는 남아있는 기사들에게 돌격해 장타와 팔꿈치 공격을 먹여 주었다.

"웨, 웬 놈이냐……?! 으악!"

"보, 보이질 않아……!"

"하늘은 우리를 버리셨단 말인가아아아!"

적들은 제대로 된 반응조차 해보지 못하고 차례차례 날아가 소멸했다.

"우르르 몰려들어 불쌍한 소녀를 괴롭혔으니 버려질 만도 하죠."

잉그리스는 사라져 가는 기사들을 향해 말했다.

"이, 잉그리스……?!"

"응, 레오네. 우연히 지나가던 참이었는데, 타이밍이 좋았네."

"어, 어떻게 이곳에 온 거야……?"

"공간의 벽을 부수고 나아갔더니 이곳으로 이어져 있었어."

"하하하……. 엉망진창이네. 공간의 벽을 부수다니. 테스트의 취지고 나발이고 없구나."

"괜찮아. 안 된다고 말한 적은 없으니까. 그나저나 괜찮아?"

잉그리스는 레오네의 눈가에 맺힌 눈물을 손가락으로 닦아준 다음, 그녀의 머리를 쓰다듬었다.

"아…… 으, 응. 괜찮아. 고마워……."

"그래. 다행이다."

그런데 그때, 누군가가 잉그리스와 레오네의 눈앞을 가로막았다.

"오라버니를 해치게 두지 않을 거야! 오라버니만큼은 절대로……!"

마지막으로 남은 것은 작은 레오네의 환영과 그 뒤쪽에 있는 레온의 환영뿐이었다.

"아직도……!"

"됐어. 내가 할게."

잉그리스가 레오네를 제지했다. 하지만 잉그리스가 행동에 나서기 직전…….

푸욱! 푸우욱!

불현듯 기다란 물체가 날아와 작은 레오네와 레온을 꿰뚫었다. 두 사람의 모습이 크게 일그러지며 소멸했다.

"응?"

"이, 이건?"

두 환영이 사라진 자리에는 새하얀 빛을 발하는 할버드가 박혀 있었다.

"너, 너는……."

"리제롯테? 도와주었구나."

리제롯테가 바닥에 박힌 할버드를 회수하기 위해 저벅저벅 걸어왔다.

"본인이나 친구가 하기에는 가혹한 일이잖아요? 제가 하는 편이 낫겠다 싶어서요."

"응. 고마워."

"고, 고마워……."

조심스럽게 감사를 표하는 레오네. 리제롯테는 그런 그녀를 흘끔 쳐다보며 말했다.

"……아직 당신을 받아들일 생각은 없어요. 하지만 며칠 전에 당신을 상처 입혔던 점에 대해서는 사과하겠습니다. 그때는 죄송했습니다."

"어, 응……."

레오네는 놀랐는지 눈을 동그랗게 떴다.

"의외로 좋은 애구나, 리제롯테."

"의외라는 말은 빼주세요."

잉그리스의 한마디에 리제롯테는 고개를 획 돌리며 투덜거렸다.

전화위복이라는 말도 있듯이, 의외로 일이 잘 풀려서 다행이라고 생각하는 잉그리스였다.

◆ ◇ ◆

세 사람은 레오네가 있던 층에서 더욱더 위로 올라갔다.

리제롯테가 마인무구의 힘을 이용해 잉그리스와 레오네를 매달고 날아주었다.

마침내 가장 위층에 도달하자, 파괴된 천장 안쪽에서 하얀빛이 일렁이고 있었다.

빛으로 손을 뻗는 세 사람.

다음 순간, 소녀들은 아카데미의 투기장으로 돌아와 있었다.

"응? 밖으로 나왔네."

"아……. 저, 정말이다."

"그런 것 같네요."

등 뒤쪽에는 들어왔을 때 보았던 이공간의 문이 있었다.

"어서 오세요! 그런데, 어라? 들어갔을 때하고 다른 문에서 나오셨네요? 심지어 세 사람이 똑같은 문에서 나오다니……?"

"딱히 안에서 이상한 점은 없었는데요?"

"그런가요? 제가 조정을 잘못한 걸까요?"

밀리에라 교장이 고개를 갸웃했다.

"거짓말도 수준급이네요. 억지로 출구를 비집어 열었으면서."

"그러게……. 중간에 나도 도움을 받았지만."

"다들 합격했으니까 됐잖아. 다시 테스트를 받기는 싫지?"

"하긴 그렇네요. 지금은 말을 맞추도록 하죠."

"응. 또 저곳에 들어가고 싶지는 않아."

세 사람은 속닥속닥 말을 맞추었다.

"교장 선생님. 저희는 합격한 건가요?"

"으음······. 어쨌든 문으로 나오셨으니까요. 잉그리스 씨, 레오네 씨, 리제롯테 씨는 합격입니다! 수고하셨어요."

밀리에라 교장이 선언했다. 그러자 곧 리제롯테의 종자인 두 사람이 달려왔다.

"아가씨! 훌륭하십니다!"

"역시 대단하십니다!"

"뭐, 별로 한 건 없어요."

"그런데 이 여자를 옆에 두셔도 괜찮겠습니까?"

"혹시 아가씨께 무슨 짓을 꾸미고 있을지도 모릅니다."

두 사람이 레오네를 곁눈질로 바라보며 말했다.

레온의 여동생이라는 이유로 상당히 경계하고 있는 눈치였다.

"그만. 제 안위를 걱정해 주는 것은 고맙습니다만, 레오네 씨를 깎아내리는 발언은 그만두세요."

"예? 예······. 알겠습니다."

"아가씨께서 그리 말씀하신다면."

두 사람은 약간 놀란 듯했지만, 순순히 리제롯테의 뜻을 받들었다.

"자, 조금 쉴까요. 살짝 지쳤거든요. 앉아서 느긋하게 구경하도록 하죠."

리제롯테가 그렇게 말하며 투기장에서 내려갔다.

"곧바로 앉을 자리를 마련하겠습니다!"

"마실 것을 가져오겠습니다."

종자인 두 쌍둥이는 리제롯테의 시중을 드느라 열심이었다.

그 모습을 바라보고 있는 레오네의 어깨에 잉그리스가 손을 척 얹었다.

"안에서 힘들었겠지만, 덕분에 레오네가 어떤 사람인지 리제롯테도 조금은 이해한 것 같아."

"응……. 그랬으면 좋겠다. 그보다 고마워, 도와줘서. 조금 전에는 잉그리스가 어찌나 멋있던지 나도 모르게 두근거리더라. 참 이상하지? 여자애한테."

"하하하. 뭐, 멋있다는 말도 일단은 칭찬이잖아."

아무래도 남자로 지내던 시절에 품은 인식이 많이 남은 모양이었다.

뭐라고 표현하기 힘든 기분이었지만 딱히 불쾌하지는 않았다.

"라니는 어떻게 됐으려나……."

잉그리스가 라피니아의 모습을 찾아 두리번거렸다.

하지만 주변에 라피니아의 모습은 없었다.

그 대신 투기장 밑에서 라티와 함께 있는 프람을 발견했다.

"합격했어?"

"아니, 프람은 제일 먼저 실격했어. 실격하면 공간이 열리면서 튕겨 나오더라."

"그렇구나."

"하아……. 지고 싶지 않았는데……."

프람은 기운이 없어 보였다.

"너는 몸도 둔한 데다가, 상급 마인이라 해도 혼자서 싸우는 타입이 아니잖아. 운이 없었을 뿐이야. 기운 내."

"그러면 기운 낼 테니까 귀엽다고 말해주세요."

"뭐?! 무, 무슨 말을 시키는 거야……!"

"잉그리스한테는 미인이라고 했으면서!"

"……아직도 저것 가지고 싸우는 건가."

라티도 귀엽다는 말 정도는 해줘도 될 텐데, 라고 생각하는 잉그리스였다. 하지만 한편으로는 라티의 심정도 이해가 되었다.

소년의 마음이란 것이 원래 이렇다. 좋아하는 여자아이 앞에서는 솔직하게 말하기가 쉽지 않다.

라티도 잉그리스에게 별 감정이 없기에 오히려 스스럼없이 말할 수 있었을 거다.

결국, 시간이 해결해 줄 문제였다.

"어쨌든 라니는 아직 안 끝난 모양이네."

"그런가 봐. 기다리자."

하지만 가만히 기다리고만 있자니 심심했다.

이렇게 빈 시간은 단련을 위해 활용하고 싶었다. 곰곰이 생각하던 잉그리스는 문득 한 가지 사실을 떠올렸다.

"교장 선생님. 잠시 괜찮을까요?"

"왜 그러시죠? 잉그리스 양."

"라니를 기다리는 동안에 입학식 날의 그 중력장으로 훈련을 하고 싶은데, 부탁드릴 수 있을까요?"

"네? 그…… 가능은 합니다만. 지금 바로 하시려고요?"

"네! 부탁드립니다. 최대한 강하게요!"

"하긴, 약속한 것도 있으니 그렇게 하죠. 자, 투기장의 절반에 중력장을 펼칠 테니, 들어오고 싶지 않으신 분은 물러나 주세요. 이번에는 마인무구의 힘을 발휘하셔도 상관없으니 자유롭게 이용하세요."

밀리에라 교장이 주변의 학생들을 향해서 말했다.

"나도 같이할래. 훈련은 기회가 있을 때 해야지."

"저도 함께하겠어요. 두 분한테 질 수는 없으니까요."

"아가씨! 저희도!"

"함께하겠습니다."

"나, 나도!"

"관두래도, 프람……! 아악! 어쩔 수 없지. 나도!"

다른 학생들도 잉그리스와 함께 참여할 생각인 모양이었다.

"그럼 갑니다. 최대 출력으로!"

구우우우우웅!

상상을 아득히 뛰어넘는 중력이 몸을 짓눌렀다.

"윽……?! 이, 이거 대단한데요……!"

이미 잉그리스는 자신의 몸에 중력을 늘린 상태였다.

덕분에 '몸이 납덩이처럼 무겁다'라는 표현마저 우습게 여겨질 정도의 중력이 엄습해 왔다.

자칫하면 자기 자신의 무게에 짓눌릴 것만 같았다.

그래도 어찌어찌 무릎을 꿇지 않고 자리에 서는 데 성공했다.

일단은 이 마나의 흐름을 파악하는 중요했다. 어떻게 하면 중력의 세기를 끌어올릴 수 있는지 확실하게 기억해 두기로 했다. 재현할 수만 있다면 훈련의 강도도 늘어날 터였다.

"꾸에에에엑……?! 못 서겠어! 안 움직여! 나 죽어……!"

라티는 바닥에 납작 엎드려 있었다. 거의 눈자위가 뒤집히기 직전이었다.

"라티! 앗…… 꺄악?!"

프람이 발을 헛디디며 라티의 몸 위에 엉덩방아를 찧었다.

"으갸아아악…… ."

상당히 아파 보였다.

"도, 도저히 못 움직이겠어……!"

"괜찮으신가요, 아가씨……?"

반과 레이도 완전히 주저앉아 버린 상태였다.

"괘, 괜찮아요. 일단은…… ."

"으으…… 엄청 무겁다…… ."

리제롯테와 레오네는 바닥에 무릎을 댄 채로 일어나고자 애쓰고 있었다.

하지만 당장은 움직일 수 있을 것 같지 않아 보였다.

일단 라티는 위험하니 밖으로 내보내기로 했다.

잉그리스는 자신에게 걸려있던 중력 마법을 풀었다.

밀리에라 교장의 마인무구로 가해지는 중력 정도라면 어느 정도 자유롭게 움직이는 것이 가능했다.

"하앗!"

시험 삼아 점프를 해보았다. 만족스러운 높이까지 몸이 떠올랐다.

한 바퀴 공중제비를 돈 다음, 쿵! 소리와 함께 착지하는 잉그리스.

"""으에에에엑?!"""

그 모습을 지켜보던 학생들이 경악성을 토해냈다.

도저히 저런 행동을 펼칠 만한 무게가 아님을 몸소 체감하고 있기 때문이다.

"영차……! 괜찮아?"

잉그리스는 라티를 안아 들어 중력장 밖으로 옮겼다.

"하하하……. 나란 놈도 참 한심하다. 여자애한테 공주님 안기로 들려 가고 있어."

"뭐 어때. 앞으로는 남녀평등 시대야."

뒤이어 잉그리스는 움직이지 못하는 반과 레이, 프람도 중력장 밖으로 옮겨주었다.

"후우. 이 정도로도 상당한 중노동이네."

잉그리스가 이마에 배어난 땀을 닦았다.

한편 레오네와 리제롯테는 말문이 막힌 눈치였다.

"미, 믿기질 않아……. 이런 환경에서 저렇게 가볍게 움직이다니."

"심지어 마인도 없는 종기사가……. 상식이 전혀 통하지 않는 분이시네요."

밀리에라 교장도 눈을 휘둥그레 뜨고 있었다.

"정말로 굉장하네요……. 이 중력에서 저렇게 움직이는 사람은 본 적이 없어요."

"칭찬 고맙습니다. 두 사람도 밖으로 옮겨줄까?"

"괜찮아. 스스로 어떻게든 해 볼게……!"

"지고만 있을 수는 없으니까요……!"

두 사람은 이를 악물며 조금씩 움직여 나갔다.

"음, 음. 동료에게서 자극을 받아 단련에 매진하는 그 모습! 아름다운 광경이에요! 응원하고 있어요♪"

밀리에라 교장은 근성을 발휘하고 있는 레오네와 리제롯테를 뿌듯하게 지켜보았다.

그때였다. 아무런 전조도 없이 이공간의 문이 출현했다.

문이 열리며 모습을 드러낸 이는 다름 아닌 라피니아였다.

"어라? 밖으로 나왔…… 으아아아악?! 뭐…… 뭐야 이게에?!"

"아, 라니. 어서 와. 무사히 통과한 모양이네? 잘됐다."

교장의 말대로라면 문을 통해서 나왔으니 합격이 맞을 것이다.

문제는 출구가 중력장 한복판에 있었다는 점이다. 불행한 사고였다.

"무사하지 않아! 무거워! 도와줘, 크리스으으!"

"그래, 알았어. 지금 갈게."

"안 돼, 라피니아! 자신의 힘으로 일어나야지!"

"남에게 의지해서는 안 돼요!"

"맞아요, 라피니아 양! 파이팅!"

"에에엑? 교장 선생님까지! 이게 대체 무슨 난리예요⋯⋯?!"

지금 막 이공간에서 나온 라피니아는 몹시나 불만스러운 눈치였다.

어찌 됐든, 이리하여 잉그리스 일행은 테스트에 무사히 합격할 수 있었다. 란바 상회의 팔스로부터 의뢰를 맡아도 된다는 허락이 떨어진 것이다.

하이랜드에 물자를 헌납하기로 예정된 날이 찾아왔다.

현재 아카데미의 학생들은 기사단의 공백을 메우기 위해 현장 주변을 경계하고 있었다.

하지만 잉그리스 일행은 특별 과외 학습이라는 명목으로 다른 임무 수행을 허락받았다.

란바 상회의 팔스가 내건 의뢰대로 거래에 임하는 상인들을 직접 호위하게 된 것이다.

잉그리스는 날이 밝자마자 라피니아와 레오네를 데리고 팔스와 합류했다.

집합 장소는 볼트 호수와 인접한 항구였다.

항구에는 플라이 기어 포트가 정박해 있었다. 상회에서 준비한 물자를 싣는 도중이었다.

적재가 끝나자 플라이 기어 포트가 하늘 높이 날아올랐다.

상회의 리더인 팔스와 그 외의 간부들, 그리고 그들을 호위하는 잉그리스 일행도 동승했다.

"꽤 많이 올라왔네. 엄청 높아!"

플라이 기어 포트의 난간에서 아래쪽의 풍경을 내려다보던 라피니아가 들뜬 목소리로 말했다.

볼트 호수의 새파란 수면이 물웅덩이처럼 작아져 있었다. 근처에 자리 잡은 왕도도 콩알만 하게 보였다.

"응. 팔을 뻗으면 구름에 손이 닿을 것 같아. 멋지다⋯⋯."

잉그리스도 이렇게 하늘 높이 올라와 본 것은 처음이었다. 어찌 표현해야 할지 모를, 신선한 감각이었다.

전생의 기억까지 통틀어도 이런 체험은 해본 적이 없었다.

"조금 무섭기는 하지만⋯⋯."

아무래도 레오네는 살짝 겁에 질린 눈치였다.

"그럼 얼른 익숙해져야지. 자자! 몸을 앞으로 내밀고 경치를 감상해 봐!"

"꺄악?! 그, 그만해, 라피니아! 무섭단 말이야!"

"뭐, 좋든 싫든 익숙해져야 할걸. 언젠가는 이 높이에서 전투를 치르게 될지도 모르니까."

팔스는 떠들썩한 잉그리스 일행을 바라보며 웃음을 지었다.

"하하하. 오늘은 아가씨들 덕분에 기다리는 시간도 전혀 지루하지 않은걸."

잉그리스가 팔스에게 물었다.

"팔스 씨, 아까부터 여기에 멈춰 서서 전혀 움직이질 않는데 어떻게 된 건가요?"

주변에도 물자가 실린 플라이 기어 포트가 여럿 보였으나, 하나같이 높은 하늘에 가만히 머물러 있기만 했다.

다른 플라이 기어 포트에는 국왕이 마련한 물자가 산처럼 쌓여 있었다.

국왕 측의 이번 책임자는 리제롯테의 아버지인 아르시아 재상이라 들었다.

아마 함께 날고 있는 플라이 기어 포트 중 하나에 타고 있을 것이다.

이번 거래는 국왕과 하이랜드의 거래가 주고, 란바 상회는 민간 차원에서 특별히 끼어있을 뿐이었다.

"뭐, 높으신 분들은 아랫것들을 기다리게 만드는 것이 취미거든. 기다리다 보면 금방 나타날 거다. 하이랜드의 하늘을 나는 배가 말이야."

팔스가 머리에 두른 반다나를 긁적이며 말해다.

어느 정도 시간이 지나자, 과연 그의 말대로 거대한 배가 구름을 가르며 모습을 드러냈다.

선수에 충각(衝角)이 달려있고, 선체에는 포문이 잔뜩 설치된 전함이었다.

"굉장해……!"

바다 위에서조차 저토록 거대한 배는 본 적이 없었다.

도대체 얼마나 많은 플라이 기어와 플라이 기어 포트를 탑재하고 있을까.

"나도 동감. 안쪽은 어떻게 되어 있으려나?"

"견학할 귀중한 기회야. 눈에 똑똑히 새겨두자."

라피니아와 레오네도 긴장감이 묻어나는 표정으로 전함을 바라보고 있었다.

이윽고 하이랜드의 전함이 접근해 왔다. 그러자 지상의 물자를

실은 플라이 기어 포트가 하나둘씩 전함의 갑판 위로 내려섰다.

물론, 잉그리스 일행이 타고 있는 플라이 기어 포트도 예외가 아니었다.

"짐을 확인하겠다. 너희는 안으로 들어가 기다려라."

하이랜더로 보이는 남자가 다가와 상회 관계자들에게 지시했다.

남자의 좌우로는 생기가 느껴지지 않는 전신 갑옷 차림의 인간이 붙어 있었다.

저 사람이 호위일까?

그 외에도 몇 명의 하이랜더가 갑판에 나와 있었다. 마찬가지로 다들 호위를 대동한 상태였다.

"자, 가자."

팔스는 다른 이들을 이끌고 선실로 향했다.

"팔스 씨. 저 갑옷을 입은 호위들은 원래 지상에 있던 사람인가요?"

계단을 내려가면서 잉그리스가 작은 목소리로 물었다.

"맞아. 지상의 인간이야. 지상에서 노예를 사거나 납치해서 저렇게 도구처럼 쓰는 거지. 앞장서서 전투에 나서려는 하이랜더는 별로 없으니까."

"……라알이 데리고 있던 호위와 비슷하구나."

"너무하네. 하이랜더가 하기 싫어하는 일을 지상 사람에게 시킨다는 거잖아."

라피니아와 레오네가 미간을 찌푸렸다.

확실히 꺼림칙한 이야기였다.

"하이랜더가 일부러 우리 같은 상인과 거래하는 것은 국왕 폐하께 요구하기 힘든 물건들을 조달하기 위해서야. 노예처럼 뒤가 구린 품목들 말이지. 우리도 이전까지는 그런 거래를 해왔어. 란바 씨와 라알 씨는 그 공적을 높게 평가받아서 하이랜더가 될 수 있었던 거지. 내가 운영하기 시작한 뒤로는 손을 씻었지만."

팔스가 어깨를 으쓱이며 이야기했다. 그런데 이야기하는 도중에 살짝 흥분했는지 길을 잘못 들어서고 말았다.

모퉁이를 돌자마자 무언가와 쿵 부딪쳐 버린 것이다.

그것은 땅딸막한 사람 모양의 흑철 덩어리였다. 즉, 하이랜드제 골렘이었다.

"……! 이런!"

부딪친 팔스를 침입자라 판단했는지 골렘은 커다란 주먹을 위로 치켜들었다.

치켜든 주먹이 파공음을 내며 팔스를 향해 날아왔다.

하지만 골렘의 주먹은 중간에 뚝 멈추고 말았다. 잉그리스가 백옥같이 하얀 손으로 이를 막아낸 것이다.

"물러나 주세요. 팔스 씨."

"그, 그래……! 미안하다!"

팔스가 물러나는 것을 지켜본 뒤, 잉그리스도 흑철 골렘으로부터 성큼 물러났다.

하지만 골렘은 잉그리스를 쫓아와 공격을 이어나갔다.

한번 공격을 시작하면 멈추지 않는 구조인가?

"멋대로 부수면 문제가 될지도 몰라요. 허락을 받아와 주실 수 있을까요?"

"알았다. 잠시만 기다려 줘!"

"크리스, 괜찮아?!"

"응. 마침 기분이 안 좋았거든. 이럴 때는 몸을 움직이는 게 최고지."

잉그리스가 골렘의 공격을 받아넘기며 대답했다.

잠시 후, 자리를 떠났던 팔스가 하이랜더에게서 허락을 받아 왔다.

"그럼……!"

콰아아앙!

잉그리스의 주먹이 골렘을 때리며 굉음이 울려 퍼졌다.

흑철에 빠직, 빠지직 금이 가더니 이윽고 골렘은 와르르 무너져 내렸다.

"우와……! 어떻게 돼먹은 힘이냐……."

"마, 마석수가 아니면……."

"이렇게 되는구나……."

"좀 개운해졌네요. 그럼 갈까요."

잉그리스가 빙그레 웃으며 말했다.

그렇게 일행은 다시금 원래 대기하기로 예정되어 있던 선실로 향했다. 이후로는 딱히 길을 잘못 들어서거나 하지는 않았다.

"여기인가요?"

입구에는 하이랜드의 갑옷 병사와 카이랄 왕국 측의 기사가 서 있었다. 방 안을 흘끔 들여다보니, 기사들의 엄중한 호위를 받는 사람이 한 명 있었다. 저 인물이 리제롯테의 아버지인 아르시아 재상일까.

"이쪽은 재상님을 비롯한 높으신 분들 방이야. 우리는 저 안쪽이다."

"방이 따로 나누어져 있네요. 이쪽에는 맛있어 보이는 요리가 잔뜩 차려져 있던데……."

라피니아가 입에 손가락을 물고서 말했다.

"하하하. 음식이라면 우리 방에도 있을 거야."

"정말인가요? 그럼 어서 가죠! 자, 크리스!"

"알았어."

잉그리스는 라피니아의 손에 이끌려 안쪽의 방으로 향했다.

아까 보았던 방보다는 조금 좁은 방이었다. 식사가 준비되어 있기는 했지만 조금 전에 봤던 것만큼 호화스럽지는 않았다.

"……차별 대우잖아!"

"그러게. 그래도 이건 이것대로 맛있는걸."

불평을 늘어놓으면서도 곧바로 음식으로 손을 가져가는 잉그리스와 라피니아였다.

"뭐, 참아. 우리같이 미천한 녀석들에게는 들려주고 싶지 않은 이야기도 있을 테지. 특히 이번에는 위험한 거래가 있을 거라는 소문도 은연중에 들려오고 있거든."

"위험한 거래라뇨?"

레오네가 팔스에게 물었다.

"……어디 가서 내가 말했다고 하면 안 된다? 그리고 이건 어디까지나 소문이야."

"네. 잉그리스와 라피니아도 들을 거지?"

"'드흘헤. (들을게.)'"

"……어휴. 굳이 그렇게 걸신들린 것처럼 먹어야겠어?"

"서, 성장기니까 이해해 주자고. 배도 고플 테니."

"저렇게나 먹으면서 살도 안 찌니 반칙이라니까요. 뭐, 어쨌든. 위험한 거래란 게 뭔가요?"

"……영토야. 셰이저 마을과 그 주변 일대의 통치권을 넘긴다더군."

"……! 크히흐, 혹히……! (크리스, 혹시……!)"

"마하. 린히 할던 마흘가 또하튼 디흘……! (맞아. 린이 살던 마을과 똑같은 짓을……!)"

"……웨인 왕자님이 그런 거래를 가만히 두고만 볼까요……?"

"왜 하이랜더가 하필 왕도의 경비가 약해졌을 때 왔다고 생각하냐? 혈철쇄 여단 놈들이 언제 나타날지도 모르는데 말이야. 반대파인 웨인 왕자가 자리를 비웠기 때문이야. 노리고 있었던 거지. 뭐, 실제로 혈철쇄 여단 같은 녀석들이 나타나면 거래가 어쩌고 할 상황이 아니게 되겠지만."

"……혈철쇄 여단에는 이번이 절호의 기회겠군요."

레오네에게 이는 희소식이었다.

만약 레온 오라버니가 나타난다면 붙잡아 주겠어! 그렇게 다짐하고 있을 게 분명했다.

"그런 셈이지. 게다가 이번 거래를 담당하고 있는 하이랜더 측의 뮨테 특사는 평판이 무척 나쁜 인물이거든. 뮨테 특사에게 원한을 가진 녀석이 그를 죽이고 혈철쇄 여단의 짓으로 꾸밀 가능성도 있어. 즉, 무슨 일이 벌어져도 이상할 게 없는 위험 지대라는 뜻이야. 여기는."

"흐허군효……. (그렇군요…….)"

"방힘할 후 업게흔걸. (방심할 수 없겠는걸.)"

"나 참! 입에 든 음식은 전부 삼키고 나서 말해! 품위 없게."

결국, 두 사람은 레오네에게 혼나고 말았다.

"꿀꺽……. 다시 말해서 곧 재밌어진다는 얘기잖아."

"하아. 아무 일도 일어나지 않았으면 좋겠다. 의외로 그럴 수도 있지 않을까?"

"그건 저 작자를 만나보고 나서 생각해 보는 게 어때?"

팔스가 나지막이 말하며 방의 입구를 눈짓했다.

어느새 입구에 사람이 서 있었다.

극도의 비만 체형을 지닌 남자로, 이마에 하이랜더의 증표인 성흔이 있었다.

뒤쪽에는 흰 장발의 거한을 호위로 대동하고 있었다.

그에게는 성흔이 없었다. 대신 다부진 체격과 날카로운 눈매를 지닌 인물이었다.

꽤 독특한 분위기를 발하고 있었는데, 상당한 실력자인 듯했다.

오히려 눈앞의 하이랜더보다 호위 쪽이 만만찮아 보였다.

"홋홋호. 수고가 많구나, 팔스여."

"아닙니다! 뮨테 님이야말로 잘 지내셨는지요. 이번 헌납 물품도 저희 상회를 이용해주셔서 감사할 따름입니다."

"그래, 그래. 하찮은 물건은 하찮은 상인이 잘 구해오는 법이지. 나는 융통성이 있는 남자거든. 앞으로도 나의 부하로서 일하도록 해라."

"감사합니다!"

"그런데, 저들은 누군가? 본 적이 없는 얼굴이다만?"

"새로 고용한 호위입니다. 기사 아카데미의 학생이지요."

"호오, 호오……!"

뮨테라 불린 하이랜더가 잉그리스에게 슬금슬금 다가왔다.

"오오오……! 무척이나 예쁜 처자로구나. 상당한 물건이야!"

뮨테는 그렇게 말하며 잉그리스의 머리카락으로 손을 뻗었다.

"?!"

찰싹.

물론 잉그리스는 그 손을 쳐냈지만, 뮨테는 전혀 개의치 않았다.

"게다가 이 향기. 아아, 못 참겠다!"

심지어는 개처럼 킁킁 잉그리스의 냄새를 맡기까지 했다.

"으……!"

천하의 잉그리스도 질색하며 뒷걸음질을 쳤다.

"오랜만에 흥분이 되는구나!"

이번에는 지극히 당연하다는 듯이 잉그리스의 가슴으로 손을 뻗었다.

"힉……?!"

무심코 놀라서 소리를 지르고 말았지만, 그렇다고 만지게 놔둘 생각은 없었다. 잉그리스는 상대의 팔을 붙잡아 비틀었다.

"으갸갸갹?! 무슨 짓이냐?!"

"제가 할 말입니다만……?!"

바로 그때, 호위인 흰색 장발의 남자가 잉그리스의 손을 붙잡았다. 주인인 뮨테로부터 떼어내기 위함이었다.

상당한 힘이었다. 하지만 잉그리스의 손은 떨어지지 않았다.

그렇게 한동안 힘겨루기가 이어졌다. 상대방은 손을 떼어내려 했고, 이쪽은 놓지 않았다.

"이, 이 녀석아! 어서 나를 돕지 못하겠느냐……!"

"이, 이미 하고 있습……니다만, 팔의 힘이……!"

남자가 살짝 더듬거리는 말투로 대답했다.

"너, 너보다 힘이 세다는 말이냐……?!"

"잠깐, 잠깐! 진정해요, 다들! 뮨테 님도 이러시면 곤란합니다! 이 애는 어디까지나 호위일 뿐이지 창부가 아니라고요! 미안하다, 잉그리스! 놔주면 안 될까!"

"……알겠습니다."

잉그리스가 손을 놓자 거한의 남자도 손을 놓았다. 뮨테는 자신의 팔에 대고 후욱 후욱 입김을 불었다.

"이, 잉그리스라 했던가. 혹시 원하는 물건은 없느냐? 돈이든, 보석이든, 진수성찬이든, 권력이든 말만 해라! 뭐든지 줄 테니 나한테 오거라. 응?"

"후후후……. 그럼 당신의 목숨을 받을 수 있을까요?"

잉그리스가 그렇게 대답하자 뮨테는 히익, 하고 신음하며 방을 나갔다.

"잘 봤지? 이제 내가 했던 말이 무슨 의미였는지 이해가 가나?"

뮨테가 방 밖으로 물러나자 팔스가 어깨를 으쓱이며 말했다.

"네. 아주 잘 알았어요."

"뭐 저런 인간이 다 있담! 여자의 적이야!"

"매사에 저런 식이라면 목숨의 위협을 받을 만도 하네……."

"뭐, 나도 저 녀석의 비위를 맞춰줄 때마다 속이 뒤틀린다만, 먹고살려면 참아야지. 그보다 불쾌한 일을 겪게 해서 미안하다."

팔스가 면목이 없다는 듯이 머리를 숙였다.

"아니에요. 의뢰를 수행하기 위해서 이곳에 왔는걸요."

"그런데 어째서 저런 인간이 하이랜드의 특사 노릇을 하는 건가요? 모든 하이랜더가 저런 건 아닐 텐데요? 저희가 겪어봐서 알아요."

"그래? 내가 알고 있는 하이랜더는 전부 비슷해. 다 저런 식이야. 네가 말하는 사람이 누구인지는 모르겠다만, 그게 엄청나게 특이한 경우일걸?"

팔스는 라피니아의 발언에 고개를 가로저었다.

"뭐, 하이랜더가 다 똑같다는 전제로 말하자면 저 문테라는 양반은 그래도 이야기가 통하는 편이야. 지상에 플라이 기어와 플라이 기어 포트를 준 것도 저 녀석이지."

"과연……. 인간 말종이기는 해도 도움이 되는 인간 말종이라 이 말이군요?"

"그래. 그런 셈이지."

"웨인 왕자가 영토 헌납을 반대한다는 것은 알겠는데, 그런 것치고는 플라이 기어에는 꽤 적극적인 관심을 보이던 것 같은데요."

"뭐, 겉으로는 번지르르 좋은 말만 하면서 이익은 이익대로 챙긴다고 비난하는 사람들도 있긴 하지."

"……자세히 아시네요."

"기사나 귀족같이 높으신 분들이 대놓고 이런 말을 할 수는 없지 않겠어? 나랏일과 무관한 일개 상인이니까 그나마 불평에서 끝나는 거지."

팔스는 왕도의 정세에 대해서도 해박한 듯했다.

"왕국의 중추에 파벌이 존재한다는 뜻인가요?"

"그래. 국왕 폐하와 웨인 왕자는 꽤 사이가 나쁜 편이야. 아르시아 재상은 재상을 맡고 있으니 당연히 국왕파라고 생각하면 돼.

아까도 말했지만 왕자파의 대부분은 현재 왕도를 비운 상태다."

"그럼 이 거래를 왕자파가 방해하려 해도 이상하지 않은 상황이군요."

"하지만 크리스. 웨인 왕자는 그런 짓을 할 사람 같지는 않던걸. 라파 오라버니와 친하기도 하고."

"동감이야. 그런 지저분한 수법을 쓰는 건 혈철쇄 여단만으로도 족해."

"응. 그건 그렇지만."

"덧붙이자면 세력 싸움을 벌이고 있는 건 왕국뿐만이 아니야. 하이랜드에도 파벌이 있거든. 플라이 기어와 플라이 기어 포트를 지상에 하사한 뮨테에게 반대하는 자들도 있다고 들었어."

"하이랜드 측도 파벌대립 중인 건가."

"그래."

"혈철쇄 여단에, 왕국 측의 왕자파, 하이랜드의 반대파, 여기에 개인적인 원한까지……. 문제가 안 터지는 게 도리어 이상하겠네."

"잉그리스가 레온 오라버니를 봤다고 했으니 혈철쇄 여단이 나타날 가능성이 가장 크겠지."

"그렇네. 우리로서는 적이 많으면 많을수록 좋긴 하지만."

"아니, 그건 크리스만이야……."

라피니아가 말을 꺼낸 바로 그때였다.

콰아아아앙!

굉음과 함께 옆방과 이어진 벽이 날아가 버렸다!

"오오……! 벌써 온 건가?"

"기뻐하면 못써, 크리스! 싱글벙글 웃지 마!"

"그보다 대체 무슨 일이야?! 레온 오라버니가 온 건가?!"

날아간 벽 너머에는 아르시아 재상과 그를 둘러싼 기사들, 그리고 아까 보았던 하이랜더 뮨테와 그의 호위가 있었다.

아무래도 뮨테를 노린 공격이 빗나가며 벽을 파괴한 모양이었다.

"히이이익……! 저, 적이다! 어서 나를 지키지 못할까!"

뮨테가 외쳤다.

아르시아 재상을 따르고 있던 기사 중 몇 명이 뮨테의 목숨을 노리고 있었다.

뭐지? 모반인가?

"그만둬라, 너희들!"

"정신이 나간 거냐!"

"검을 거둬!"

아르시아 재상과 기사들이 이들을 제지했다.

"재상 각하! 저희는 이 돼지 자식의 만행을 더는 간과할 수 없습니다!"

"그렇습니다! 이 자가 지금까지 얼마나 많은 횡포를 벌여왔는지 알고 계시지 않습니까!"

"이것이야말로 나라를 위한 길이자 저의 충성을 입증할 기회!"

하지만 아르시아 재상은 그들에게 일갈했다.

전투와는 전혀 인연이 없어 보이는 마른 체형의 신사였지만 위엄 하나만큼은 충분했다.

"충성이란 상관의 명령을 끝까지 수행해 내는 것이다! 그대들이 받은 명령이 대체 무엇이었단 말이더냐!"

"그러나 재상 각하……!"

"너희의 신념이 어떠하든 폐하의 명령은 절대적이다! 너희들이 섣불리 저지른 행동의 결과가 국왕 폐하와 나라에 얼마나 큰 피해가 생길지는 생각해 보았나! 명령을 제대로 수행하지 못하는 부하는 단순한 머저리일 뿐이다!"

"감히 말씀드리건대, 재상 각하! 왕국에는 아무런 피해도 없을 겁니다!"

"뭣이……?!"

"모든 것을 혈철쇄 여단의 소행으로 돌리면 됩니다! 다들 납득할 겁니다! 이곳은 하늘 위잖습니까! 새어 나갈 곳도 없습니다!"

"이 돼지 자식을 제거한다면 좀 더 제대로 된 특사가 찾아올 테지요!"

"혈철쇄 여단을 경계해 하늘 위를 거래 장소로 택한 것이 천재일우의 기회!"

"……! 화, 확실히 그럴지도."

"일리가 있어……! 이건 찬스인가!"

동료들을 말리던 기사들도 귀가 솔깃한 눈치였다.

아무래도 혈철쇄 여단이 벌인 짓으로 꾸미고 묜테를 암살할 작정인 듯했다.

"재상 각하! 놈을 처단하라는 명령을 내려주십시오!"

"재상 각하!"

"부탁드립니다!"

하지만 아르시아 재상은 고개를 끄덕이지 않았다.

"우리가 국왕 폐하께 받든 명은 헌납 물품을 전하고 하사품을 받는 것이다!"

"큭……! 그렇다면 그 자리에서 지켜봐 주십시오!"

"이런……! 서둘러! 놈들이 알아챘다!"

소란을 듣고 찾아왔는지 하이랜드의 갑옷 병사 몇 명이 방문 앞에 모습을 드러냈다.

"여기는 우리한테 맡겨라!"

"어서 해치워 버려!"

처음에는 막아 나섰던 기사들도 묜테를 제거하는 쪽으로 마음이 기울었는지 하이랜더 측의 병사들 앞을 가로막으며 시간을 벌었다.

"이것들이……!"

"고맙다! 너희의 결의에 반드시 보답하겠다!"

"큭! 기다리라 했잖나, 이놈들!"

여기까지 온 이상 아르시아 재상의 말도 소용이 없었다.

"히, 히익?! 이, 이이이, 잉그리스 군! 나 좀 구해주게……!"

벽에 난 구멍 너머로 잉그리스의 모습을 보았는지 뮨테가 절박한 목소리로 애원해 왔다.

"제 임무는 팔스 씨의 호위라서요."

"파, 팔스여……!"

"악, 악, 악! 안 들려요, 안 들려! 아무것도 안 들려!"

팔스는 큰 소리를 내며 귀를 틀어막았다.

결과가 어떻든 끝까지 방관자로 있겠다는 의사 표시였다.

""""각오해라!""""

기사들이 마인무구를 번쩍 치켜들고 뮨테에게 달려들었다.

"에에에잇! 나를 지켜라! 봐줄 필요는 없다!"

"크크크큭……."

흰 장발의 호위가 천천히 뮨테 앞으로 나섰다.

그리고 기사들을 향해 괴성을 발했다.

"마나! 마나를 내놔아아아!"

그러자 그의 몸 곳곳에서 다수의 마인이 빛을 발했다.

틀림없었다. 마인 포식자라 불리던 괴인이었다.

"……역시! 그때의 마인 포식자!"

어딘가 분위기가 닮아있어 잉그리스도 설마설마하고는 있었다. 그때와는 생김새도 다르고, 마인도 숨겨져 있었으니 알아채지 못하는 것도 무리는 아니었다.

하지만 두 동강이 나버렸을 텐데 어떻게 살아있는 거지……?!

"홋홋호! 먹어라, 먹어치워! 놈들이 너의 새로운 먹이다!"

뮨테가 마인 포식자의 등에 대고 외쳤다.

"""얕보지 마라!"""

기사들이 괴인을 향해 들이닥쳤다.

"안 돼요! 위험합니다!"

잉그리스가 기사들을 말렸지만 때는 이미 늦었다.

괴인이 만들어 낸 얼음의 검이 기사들의 목덜미를 꿰뚫어 버린 것이다.

"아니…… 순식간에……?!"

"이, 이봐……!"

갑옷 병사들을 막고 있던 기사들의 얼굴이 경악으로 물들었다.

"저놈들도 먹이다! 먹어치워라!"

"내놔아아아!"

괴인은 얼음의 검을 휘둘러 남아있던 기사들마저 유린해 버렸다.

"맛있어어어!"

그러고는 그들의 시신에 새겨져 있던 마인을 덥석 베어 물었다.

괴인이 물어뜯은 부분은 검은 재처럼 변해 괴인의 몸속으로 흡수되었다.

그리고 괴인의 몸에 새겨진 마인이 시체의 수만큼 증가했다.

이름 그대로 마인을 포식한 것이다.

"뭐, 뭐야 저거? 마인을……?!"

"먹고 있어……?!"

라피니아와 레오네가 전율했다.

"훗훗훗호! 잘했다, 잘했어! 이런 일도 있을까 싶어서 너를 만들어 둔 것이 정답이었구나! 이쯤 되면 나의 비상한 두뇌가 무서울 지경이야!"

뮨테가 기뻐하며 손뼉을 쳤다.

지금이라면 뮨테를 쓰러트릴 수 있다던 기사들의 생각은 완전히 오판이었다.

결국, 왕국의 기사는 모두 쓰러졌고, 아르시아 재상만 홀로 남아 멍하니 바라보고 있었다.

"한 가지 여쭤봐도 괜찮을까요?"

잉그리스가 옆방으로 들어가 뮨테에게 물었다.

"훗호? 나를 다시 보게 됐느냐? 나는 마음이 넓은 사람이다. 지금이라도 내 밑으로 오겠다면 얼마든지 받아 주마."

"아뇨. 그건 사양하겠습니다. 그것보다 저자는 왕도를 떠들썩하게 만들던 연쇄 살인마입니다. 혹시 당신이 마인을 지닌 인간을 습격하라고 지시하신 건가요? 말씀해 주세요."

만약 사실이라면 하이랜드의 특사이자, 국왕과 우호적인 관계를 맺은 뮨테가 왕도에서 몹쓸 짓을 저질렀다는 말이 된다.

"뭐, 뭐라고……?! 그럼 왕도를 뒤집어 놓은 연쇄 살인마가 저자라는 말인가?!"

잉그리스의 질문에 아르시아 재상이 반응을 보였다.

"틀림없습니다. 제가 쓰러트렸거든요. 아직 살아있어서 놀랐지만요."

"얼마 전부터 연쇄 살인마가 출몰하지 않고 있다는 보고를 듣기는 했다만……."

"홋호. 그랬군. 잉그리스 군이 해치운 건가. 그 힘이라면 납득이 되는구나. 그래, 내가 지시를 내렸다. 이 녀석들을 더욱더 강하게 만들어야 했거든."

"이 녀석들?"

"나는 준비성이 철저한 성격이라서 말이다. 당연히 예비를 준비해 두었느니라."

"그런가요. 죽지 않고 살아있었던 건 아니군요."

마인 포식자는 처음부터 둘이었던 모양이다.

"……명색이 우리 왕국과 우호 관계를 맺은 하이랜드의 특사란 자가 무슨 짓을! 그냥 넘어갈 일이 아닙니다!"

"호홋? 재상이여, 뭔가 문제라도 있는가? 발설하지만 않으면 아무도 모를 텐데? 마석수에게 당했다고 생각해라. 어차피 매일같이 당하고 있잖나."

"마석수를 포함한 모든 위협으로부터 나라를 지키는 것이 우리의 책무! 마석수만이 문제가 아니란 말입니다!"

"홋홋호. 자네도 고지식하기 짝이 없는 인물이군. 하지만 자네의 부하들도 지금 나를 죽이려 하지 않았느냐? 그건 잘못이 아니라 이 말인가?"

"변명의 여지가 없군요. 잘못이 맞습니다."

"그렇다면 비긴 셈이로군. 서로 없었던 일로 치면 되잖은가? 부하들이 제멋대로 폭주한 것처럼 보이던데, 자네도 본의가 아닐 테지."

"아니지요. 저도 벌을 받고, 당신도 벌을 받아야 합니다. 그래야 마땅합니다."

아무래도 아르시아 재상은 정직하고 융통성 없는 인물인 모양이었다.

하지만 그런 인물이기에 신용할 수 있는 법.

잉그리스는 그가 재상이라는 지위에 걸맞은 인재라고 생각했다.

"홋홋호. 사양하겠다. 지상에 사는 인간의 목숨 따위 어찌 됐든 알 바 아냐. 우리가 마인무구를 내려주지 않았다면 진작에 죽었을 자들이 아니더냐. 오히려 내 연구의 초석이 된 것을 감사히 여겨야지."

"……당신이 파면된 다음에 찾아올 특사가 좀 더 나은 인간이기를 바랄 따름입니다."

"홋호호! 짜증 나는 놈 같으니! 좋아, 이놈도 먹어 치워 버리거라!"

"히하하핫……!"

마인 포식자가 움직임을 개시했다.

"자네들! 아카데미의 학생이겠지?! 아카데미의 학생은 기사단의 예비 전력! 자네들에게 시급히 호위를 명한다! 호위 대상은 재상……."

"알겠습니다."

잉그리스는 아르시아 재상이 말을 마치기도 전에 에테르 셸을 발동시켜 마인 포식자의 뒤쪽으로 돌아 들어갔다.

그리고 마인 포식자의 등에 발차기를 꽂아 넣었다.

"크아아아아악?!"

콰아아아앙!

엄청난 기세로 날아간 괴인이 바깥으로 이어진 벽과 충돌했다. 하지만 그것으로 끝이 아니었다. 벽이 파괴되며 괴인이 상공으로 튕겨 나가고 말았다.

"……재상이라고 말하려 했다만……."

"히, 히이이익……."

호위 임무에서 방심은 금물.

잉그리스는 만약에 대비해 에테르 셸을 사용했고, 그 위력을 목격한 아르시아 재상과 뮨테는 넋이 나간 사람처럼 굳어져 버리고 말았다.

"재상 각하."

"……."

"재상 각하. 괜찮으신가요?"

"……그, 그래. 괜찮다. 근데 자네는 이름이……."

"잉그리스 유크스. 종기사학과의 1기생입니다."

"종기사라고?! 그런 실력으로 말인가……?"

"그보다 저분은 어떻게 할까요. 포박할까요? 아니면 즉석에서 처벌을?"

"포박해 주게. 국왕 폐하께 처분을 맡기겠다."

"그러면 이분은 확실하게 벌을 받게 되는 건가요?"

"음, 물론이다. 내 이름을 걸고 맹세하지."

"알겠습니다."

잉그리스가 문테를 향해서 걸어갔다.

"……훗훗훗호! 그렇게는 안 될 게다, 잉그리스 군!"

우우웅!

불현듯 문테 앞쪽의 공간이 일그러졌다.

그 일그러진 공간 안에서 마인 포식자가 모습을 드러냈다.

"음? ……돌아온 건가?"

일그러진 공간에서는 강한 마력의 흐름이 느껴졌다.

"하핫! 전이 마법이다. 이렇게 보여도 충실한 놈이니라!"

"그렇다면 다른 방법으로 쓰러트리죠."

잉그리스는 에테르를 마나로 변환시켰다.

그리고 마나를 조작해 얼음의 검을 만들어 냈다.

활성화된 에테르를 몸에 두르면 웬만한 무기는 견디지 못하고 망가져 버린다.

이 얼음의 검도 예외는 아니었다. 저번에도 한 번 휘두르자 산산이 부서지고 말았다.

하지만 뒤집어 말하면 에테르를 사용해도 한 번은 버틴다는 뜻이었다.

더구나 평범한 무기와 달리 돈이 들지 않으므로 지갑 걱정이 없다는 장점이 있었다.

"라니, 재상 각하를 부탁해. 레오네는 그대로 팔스 씨를 지켜줘."

"알았어, 잉그리스!"

"응! 전에도 한 번 해치웠으니 문제없겠지?"

"응. 문제없어."

잉그리스는 얼음의 검을 거머쥐고 마인 포식자와 마주 섰다.

"훗훗호! 왕도의 마인 포식자가 당하고 한동안 조용했던 이유가 뭔지 아느냐? 이 녀석을 개량하고 강화하기 위해서였느니라! 옜다!"

문테가 따악, 하고 손가락을 튕겼다.

"그아아아아악!"

마인 포식자의 전신에 새겨진 마인이 피처럼 새빨간 빛을 발했다.

비록 괴로워하며 머리를 부여잡고 있기는 했지만, 마나는 보다 활성화되었다.

"훗훗훗호! 이 녀석은 음식으로 영양을 섭취하기를 포기한 대신 다른 자의 마나를 빼앗아 생명 활동을 이어나가도록 만들어진 괴물이다! 마나의 기초 대사량을 높여 허기가 강해졌지만, 덕분에 힘은 늘어났지! 어서 잡아먹지 않으면 네놈이 굶어 죽을 거다! 잉그리스 군을 제외한 다른 녀석들부터 먹어 치우거라! 힘을 축적하면 이길 수 있는 상대다!"

"으아아아아! 마나를 내놔라아아아!"

바닥을 박차며 행동을 개시한 마인 포식자가 잉그리스를 우회해 다른 이들을 덮치려 했다.

"이쪽으로 오고 있어?!"

"나한테 맡겨."

하지만 잉그리스를 뿌리칠 수는 없었다. 마인 포식자의 앞을 가로막은 잉그리스는 그의 팔을 붙잡아 벽 쪽으로 내던졌다.

다시 한번 벽이 부서지며 마인 포식자가 하늘 아래로 추락했다.

"호오?! 아직도 힘에 부치는 건가……!"

우웅! 문테 앞쪽의 공간이 일그러졌다.

"으어어어어!"

마인 포식자가 방 안으로 되돌아왔다.

"홋홋호! 아직 멀었다! 신진대사를 한계까지 올려라!"

마인 포식자의 몸에 새겨진 마인이 더욱더 붉게 빛났다.

"아그아아악!"

바닥을 박차고 도약한 마인 포식자는 벽과 천장을 종횡무진 뛰어다녔다.

움직임도 한층 날카로워졌다. 꽤 훌륭했다.

하지만 충분히 대응이 가능한 수준이었다.

"……한참 부족하네요. 이래서는 다른 사람들한테 손가락 하나 대지 못할걸요."

쾅콰아아앙!

이번에는 레오네를 덮치려는 마인 포식자를 다시금 전함 바깥으로 걷어차 떨어트렸다.

"벌써 한계인가요? 그럼 다음에는 완전히 끝장낼게요."

라피니아를 노린 이상 자비는 없었다.

뮤테도 같은 죄를 저질렀지만, 포박해서 처벌을 내린다고 했으니 그 결정에 따르기로 했다.

"크윽……! 홋홋홋호……! 에에잇! 한계를 뛰어넘어 버리거라!"

뮤테가 다시 돌아온 마인 포식자를 향해서 외쳤다.

"그아아아아아아아아아아악!"

마인 포식자가 광란 상태에 빠져 부르짖었다. 그리고…….

뮤테의 가슴팍에서 불쑥 손이 튀어나왔다. 마인 포식자가 뮤테의 등을 찌른 것이다.

"호홋……?! 아, 아니야. 이게 아니다! 나를 공격하면 어쩌자는 것이냐……?!"

뮤테의 몸이 검은 재로 변해 마인 포식자에게 흡수되었다.

"맛있어어어어!"

"저런. 한계를 넘는 바람에 적과 아군도 구분하지 못하게 된 모양이군요. 딱하게 됐네요. 동정할 생각은 없지만요."

차라리 얌전히 있었더라면 뮤테도 좀 더 오래 목숨을 연명할 수 있지 않았을까.

"마나를 내놔아아아아!"

더욱 강력해진 마인 포식자가 잉그리스를 향해 돌진해 왔다.

"그래봤자 한참 멀었지만요."

이미 잉그리스는 그의 움직임을 완전히 간파하고 있었다. 잉그리스가 쥐고 있던 얼음의 검이 번뜩였다.

이번에는 가로로 반 토막 나버린 마인 포식자의 몸통이 바닥을 나뒹굴었다.

"재상 각하. 죄송합니다. 전부 보셨겠지만, 특사를 포박하는 데 실패했습니다."

"아니……. 어쩔 수 없지. 잘해주었다."

재상이 그렇게 말하기가 무섭게 선실의 천장과 바닥이 커다란 소리를 내며 파괴되었다.

"윽……?! 이번에는 또 무엇이냐?!"

천장과 바닥에 벌레의 다리처럼 보이는 검고 굵직한 것들이 솟아나 있었다.

그리고 그 다리 곳곳에는 단단한 보석이 박혀 있었다.

계속해서 몸통 부분이 나타나며 정체가 확실해졌다. 거대한 거미였다.

단단한 갑옷을 방불케 하는 겉껍질에 둘러싸인 거미형 마석수였다.

"이건…… 마석수!"

"최근에는 프리즘 플로가 내리지 않았는데?! 애초에 여긴 하늘인데 어째서!"

"아마 혈철쇄 여단의 소행이 아닐까?"

"맞아. 혈철쇄 여단에게는 프리즘 파우더가 있으니까. 마석수 정도는 얼마든지 만들어 낼 수 있겠지."

역시 소문대로 혈철쇄 여단도 가만히 있지는 않았던 모양이다.

"숫자가 계속 불어나고 있어!"

라피니아는 마인무구인 자신의 활로 빛의 화살을 쏘아 날렸다.

빛의 화살이 거미형 마석수의 몸통을 꿰뚫자, 마석수는 물집이 터지는 듯한 기분 나쁜 소리와 함께 움직임을 멈추었다.

"어쨌든 쓰러트리고 보자!"

레오네의 새까만 대검이 길게 늘어나 여러 마리의 마석수를 한꺼번에 짓이겼다.

잉그리스가 보기에 두 사람의 실력은 확실했다. 이 정도의 마석수에게 밀리지는 않을 것이다. 일단은 두 사람에게 맡겨두기로 했다.

게다가 레오네의 활약을 아르시아 재상의 눈에 각인시키는 것도 나쁘지 않아 보였다.

잉그리스는 아르시아 재상에게 다가가 물었다.

"재상 각하. 어떻게 하실 건가요? 거래를 포기하고 탈출하시겠어요?"

"……가능하다면 대리인을 통해서라도 거래를 완수하고 싶다. 우선 이 혼란부터 잠재워야 할 것 같네."

"그러면 선내의 마석수들을 쓰러트리러 갈까요?"

"할 수 있겠나? 부탁하네."

"알겠습니다. 하지만 재상 각하는 일단 전함 밖으로 피신하시는 게 좋지 않을까 싶네요."

"……알겠네. 그러는 편이 자네들도 싸우기 편할 테지."

"그럼 우선 플라이 기어 포트로 돌아가죠."

"응. 서두르자, 크리스!"

"이쪽은 다 쓰러트렸어!"

마침 그때 라피니아와 레오네가 협력해 적의 제1진을 소탕해 냈다.

"알았어. 그런데 팔스 씨."

불현듯 잉그리스가 팔스에게 말을 걸었다.

"응? 왜 그래?"

"준비가 덜 된 건가요? 제가 보기엔 지금이 기회 같은데요."

"……?! 후홋. 그런가……. 제법인걸. 그래, 맞아. 그렇지."

"어? 그게 무슨 말이야, 크리스?"

"무슨 이야기를 하는 거야?"

라피니아와 레오네가 어리둥절한 얼굴로 물었다.

"뭐, 다시 말해서……."

잉그리스가 말을 끝맺기 직전, 절박한 얼굴의 하이랜더 한 명이 선실로 달려왔다.

"특사님! 뮤테 님! 큰일입니다. 란바 상회의 짐에서 마석수가……! 으가아아아악?!"

하이랜더가 비명을 내질렀다. 마석수의 날카로운 다리가 그의 등에 박힌 것이다.

뒤를 이어서 새로운 마석수 무리가 선실에 모습을 드러냈다.

"설마, 팔스 씨가 이 소란을 저지른 장본인……?!"

"당신이 바로 혈철쇄 여단이었군요……!"

"반만 정답이군. 지금 이 상황은 내가 벌인 짓이 맞지만, 나는 혈철쇄 여단이 아니야. 자, 봐봐."

팔스는 그렇게 말하며 한쪽 손으로 머리의 반다나를 풀었다.

겉으로 드러난 이마에는…… 하이랜더의 증표인 성흔이 새겨져 있었다.

"하, 하이랜더?! 그렇다면 확실히 혈철쇄 여단은 아니겠네. 혈철쇄 여단은 반 하이랜더 조직이니까……!"

"하, 하지만 어째서 하이랜더가 같은 하이랜더를 상대로 이런 짓을……?!"

"하이랜더 간의 파벌 싸움이겠지. 보나 마나."

조금 전에 팔스가 자신의 입으로 했던 말이다.

"참고차 묻고 싶은데……. 언제부터 알아챈 거지?"

"처음 만났을 때부터요. 당신도 저하고 한번 겨뤄보는 게 어때요, 라고 물어봤잖아요?"

바로 그때, 마석수가 잉그리스를 향해 칼날처럼 날카로운 다리를 휘둘렀다.

잉그리스는 쳐다보지도 않고 그것을 붙잡았다.

붙잡은 다리를 쑥 잡아당긴 잉그리스는 그대로 마석수를 팔스에게 투척했다.

적당히 던진 것처럼 보이지만 엄청난 속도가 실려 있었다.

하지만 팔스는 전혀 동요하지 않았다. 오히려 날아온 마석수를 후려쳐 잉그리스에게 되돌려 보냈다.

범상치 않은 힘이었다.

"하지만 당신은 약한 척을 하면서 거절했죠. 그래서 뭔가 있군, 하고 생각했어요. 설마하니 하이랜더였을 줄은 상상하지 못했지만요."

그렇게 말하면서 잉그리스는 날아온 마석수를 다시 팔스에게 걷어찼다.

"뭐야, 그럼 처음부터 다 꿰뚫고 있었단 건가? 알면서도 우리가 활개를 치도록 내버려 두다니, 성격이 고약한걸."

팔스가 다시 마석수를 쳐서 되돌려 보냈다.

그러면 다시 이를 받아치는 잉그리스. 상대방 역시 똑같은 짓을 반복했다.

이런 식으로 마석수를 주거니 받거니 하며 대화가 진행되었다.

"……저는 누가 언제 도전을 하든 받아 설 의향이 있습니다만, 상대방을 억지로 제 앞에 세워 놓지는 않습니다. 그래서 당신이 준비를 끝내길 얌전히 기다린 거고요."

힘을 아끼고 있는 상대한테 이겨봤자 미련만 남을 뿐, 전혀 기쁘지 않았다.

상대방의 작전에 일부러 넘어가 전력을 다하게 만들어 이기는 것.

자기 자신의 성장 가능성을 최대한으로 끌어올리는 방법이었다.

그리고 어렵게 얻은 기회인 만큼 최대한 살려야 했다.

"그렇군. 이래 봬도 나는 하이랜드의 기사거든. 얼마 없는 전투원이지. 문테를 죽일 수고를 덜었으니, 보답으로 기대에 어긋나지 않도록 분발해 주마."

두 사람 사이를 오가는 마석수의 속도가 점점 빨라져 갔다.

마치 자존심 싸움을 하는 것처럼 보였다.

"고맙습니다. 기대해 볼게요."

마지막으로 받아친 잉그리스의 강한 일격에 의해 팔스의 조준이 흐트러지고 말았다.

결국 마석수는 엉뚱한 곳에 벽을 뚫고 하늘 멀리 날아가 버렸다.

"큭……! 빗맞았나."

"이 정도로는 실력의 우열을 가릴 수 없어요. 자, 어서 전력으로 오세요."

잉그리스가 빙그레 미소를 지었다.

팔스는 자신이 하이랜드의 기사라고 말했다.

그렇다면 그에 걸맞은 강함을 기대해 볼 수 있을 터였다.

하이랜드의 기사가 지상에 있는 국왕의 기사보다 약하다면 그들이 지상을 좌지우지하기란 불가능할 것이다.

자신들이 하사한 마인무구에 당하기라도 한다면 망신이 아닐 수 없다.

그러니 지상을 압도할만한 힘, 혹은 그런 무언가가 있을 터였다.

그것을 직접 볼 수 있다고 생각하니 가슴이 두근거렸다.

"즐거워 보이는 얼굴을 하기는. 그 예쁜 얼굴이 공포로 물들어

울먹이는 모습을 봐야 직성이 풀리겠는걸."

"그러게요. 만약 그럴만한 존재가 있다면 저도 보고 싶네요."

"그렇다면 이건 어떨까? 열려라, 문이여!"

강하게 움켜쥔 팔스의 주먹을 중심으로 공간의 왜곡이 발생했다.

그것은 눈 깜짝할 사이에 주위를 둘러싸며 눈앞의 광경을 변화시켰다.

잉그리스 일행은 어느샌가 황록색의 입자가 떠다니는 휘황찬란한 공간에 서 있었다. 끝없이 펼쳐져 있는 공간이었다. 선실의 벽은 이미 온데간데없었다.

"이건…… 이공간인가요?"

"시련의 미궁을 닮았어……!"

"그, 그보다 주위를 봐! 마석수가……!"

"어, 엄청난 숫자로군……!"

레오네와 아르시아 재상의 말대로 주위에는 무지막지한 수의 마석수가 우글거리고 있었다.

열 마리나 스무 마리 정도가 아니었다. 수백, 아니, 천을 넘보고 있었다.

그만큼 많은 마석수들이 잉그리스 일행과 팔스를 먼발치에서 에워싸고 있었다.

잉그리스 일행이 있는 장소는 희미한 빛의 기둥으로 뒤덮여 있었는데, 보아하니 이 빛의 기둥 안은 마석수가 침입해 들어오지 못하는 안전지대인 듯했다.

"아까 선실에 나타났던 마석수는 여기서 온 건가……?!"

그렇다면 마석수가 나타나는 순간까지 기척을 느끼지 못하는 게 당연했다.

잉그리스 일행이 선실에 도착하기 전까지 마석수는 그 자리에 존재조차 하지 않았던 셈이다. 전부 이 이공간에 들어가 있었으니까.

프리즘 파우더로 마석수를 만들어 내는 혈철쇄 여단의 수법과는 달리, 원래 이 공간에 모여있는 마석수를 바깥으로 꺼내는 방식인 듯했다.

"그 말대로다. 이런 괴물들을 넣어두자니 찜찜하긴 하지만."

"혈철쇄 여단의 소행으로 위장하기 위해 모아놓은 것이군요."

"맞아. 놈들이 이런 수법을 애용한다는 것은 다들 아는 사실이 잖아? 왕국의 얼빠진 기사 놈들은 생각이 짧아도 너무 짧았어. 위장해서 남을 속이려면 이 정도는 했어야지. 나는 신중한 성격이거든."

"과연. 호위라는 명목으로 저희를 이곳에 부른 것도 이걸 위해서군요."

"크리스, 그게 무슨 뜻이야?"

"우리가 혈철쇄 여단과 내통하고 있었다고 몰아가려 했을 거야. 이번 거래를 망치기 위해서 문테 특사와 아르시아 재상을 암살했다고."

"……그렇구나! 내가 있다면 혈철쇄 여단과 손을 잡았다는 말에도 설득력이 생길 테고!"

"……내가 있다면 라파 오라버니가 혈철쇄 여단과 이어져 있다고 의심을 받을 거야!"

"응. 아마도 그렇겠지. 불쾌하긴 하지만."

"동감이야……! 정말로 불쾌해."

레오네의 표정이 한층 사나워졌다.

"용서 못 해!"

라피니아도 마찬가지였다.

"그건 내가 할 말이다……! 너희들을 끌어들인 건 그것 때문만이 아니야. 이 자리에서 라알의 원수를 갚아주마."

팔스의 말에 잉그리스와 라피니아는 서로의 얼굴을 마주보았다.

"라알 님의? 그분한테 그럴만한 인망이 있었다니 놀랍네요."

"그런 녀석의 원수를 갚겠다니, 별종이네! 라알이나 아까 그 특사나, 오십보백보잖아!"

"흥. 배짱도 좋군. 부모 앞에서 죽은 아들을 깎아내리다니."

""아, 아들……?!""

잉그리스와 라피니아가 화들짝 놀라 외쳤다.

그렇다면 이 사람이 란바 씨라는 말인가? 상회의 대표가 바뀌었다는 말은 거짓이었나?

설령 그렇다 쳐도, 저 젊은 모습은 설명이 되지 않았다. 라알과 나이도 별로 차이 나지 않아 보였다.

163

"하이랜더가 되면서 새로운 몸을 손에 넣었지. 덕분에 기사로서 활동해야 한다는 의무가 따라오기는 했지만 말이야. 이전의 몸은 병으로 너덜너덜해진 상태였으니 어쩔 수 없었어. 자, 아무리 막돼먹은 아들내미라도 아들은 아들이다! 자식을 잃은 부모의 원한을 똑똑히 맛봐라!"

"……누가 누굴 원망해! 잘못한 게 누군데!"

"자식 교육을 그르친 당신한테도 책임이 있잖아!"

라피니아와 레오네의 말에도 일리가 있었다.

"자신의 힘에 사상이나 원한을 부여하면 할수록 순수한 즐거움과는 거리가 멀어져요. 좀 더 가벼운 마음으로 힘을 즐기라고 권해드리고 싶네요."

"너희를 죽인 다음에 그렇게 해주지! 말해 두지만, 여기에 들어온 시점에서 너희들은 궁지에 몰린 쥐다. 이곳은 원래 마석수를 가둬두려고 있는 곳이 아니야. 너희들 같은 지상의 기사들을 처형하려 만든 처형장이지! 이 이공간 안에서는 너희들의 마인무구도 무용지물이다."

팔스가 흉악한 미소를 지으며 말했다.

"……정말이야! 빛의 화살이 나오질 않아!"

"나도 그래! 검이 말을 안 들어!"

라피니아와 레오네가 외쳤다.

"흠…… 과연."

비장의 수라는 건가.

하이랜드의 기사가 지상의 전력을 압도할 수 있는 이유가 바로 이것인 듯했다.

"그럼 이것도……?"

잉그리스는 에테르를 마나로 변환한 뒤, 마나를 제어해 얼음의 검을 만들어 내려 했으나, 그 전에 마나가 무산되어 실패하고 말았다.

마인무구가 무용지물이 된 이유는 마나의 움직임을 방해해 제대로 된 기능을 발휘할 수 없게 만들었기 때문인 듯했다.

마찬가지로 마인 없이 직접 마나를 조작하는 것도 불가능했다.

"나도 발동이 안 돼."

"그렇겠지. 하지만 성흔을 지닌 나는 예외다! 자, 죽어라!"

팔스가 외치자 빛의 기둥이 좁아지더니 팔스 한 명만을 보호했다.

빛의 기둥 바깥으로 내팽개쳐진 잉그리스 일행에게 마석수들이 일제히 달려들었다.

"라니! 레오네! 재상 각하를 부탁해!"

"응!"

"어떻게든 해 볼게!"

대답을 들으며 잉그리스는 앞으로 나아갔다.

주위에는 압도적인 수의 마석수가 우글거리고 있었다. 얕볼 수 없는 숫자였다.

공간의 주인인 팔스를 제압해 이곳에서 빠져나가는 것이 최선인 듯했다.

"하아아압!"

잉그리스는 근처의 마석수에게로 돌진한 뒤, 팔스를 향해 있는 힘껏 마석수를 걷어찼다.

마석수는 무시무시한 기세로 날아가 빛의 기둥과 충돌했다.

꽈광!

단단한 소리와 함께 마석수의 몸이 튕겨 나왔다. 빛의 기둥은 꿈쩍도 하지 않았다.

"하하하핫! 이곳은 너희들이 죽어가는 모습을 보기 위한 특등석이다! 뚫릴 리가 없……."

꽈과과과아앙!

바로 그때, 빛의 기둥이 굉음을 내며 산산조각이 났다.

"뭐가 뚫리지 않는다고요?"

"컥……!"

어느샌가 잉그리스가 에테르 셸의 푸르스름한 빛을 두른 팔로 팔스의 멱살을 붙들고 있었다.

"어, 어떻게……. 대체 무슨 짓을……."

"주먹으로 있는 힘껏 쳤을 뿐인데요?"

"뭐냐 그건……! 너는 여기서도 아무런 영향을 받지 않는단 말이냐……?!"

팔스의 질문에 잉그리스는 부드러운 미소를 지어 보였다.

하지만 팔스는 그 표정이 오히려 무서웠다.

잉그리스는 빛의 기둥을 주먹으로 쳤다고 말했다. 하지만 팔스의 눈에는 잉그리스의 움직임이 전혀 보이지 않았다.

"영향이 아예 없지는 않아요. 하지만 당신이 아는 힘만이 전부라고 생각하면 오산이에요."

마나를 사용할 수는 없더라도 에테르를 이용한 기술은 평소처럼 운용하는 것이 가능했다.

제아무리 이공간이라도 에테르의 움직임까지 간섭할 수는 없는 모양이었다.

"크윽……. 말도 안 되는 소리. 달리 무슨 힘이 있다는……."

"됐고, 원래의 공간으로 되돌려 주시죠. 그렇지 않으면 이대로 끝장을 내겠어요. 라니와 레오네가 애를 먹고 있거든요."

라피니아와 레오네는 들이닥치는 마석수들로부터 아르시아 재상을 지키기 위해 분투하고 있었다. 마인무구가 기능을 잃은 탓에 고전을 면치 못하는 중이었다.

이대로는 오래 버티지 못할 것이다. 어서 손을 써야 했다.

그런데 그때, 라피니아와 레오네를 둘러싸고 있던 마석수 중의 일부가 뭉텅이로 날아가 버렸다.

무언가가 그 밑에서 몸을 일으킨 것이다.

"뭐, 뭐야?!"

"뭐가 또 있어? 제발 좀!"

라피니아와 레오네가 소리쳤다.

"홋홋호! 홋홋홋호호!"

인간형 마석수였다.

마인이 덕지덕지 새겨진 마인 포식자의 몸이 땅딸보처럼 비대화되어 있었다. 단단한 외피에 더해 보석까지 박힌 그 모습은 영락없는 마석수였다.

게다가 흉부에는 하이랜더인 뮨테의 얼굴이 튀어나와 있었다.

커다란 웃음소리를 낸 것도 바로 그 얼굴이었다.

"마석수! 처음 보는 형태야⋯⋯!"

마인 포식자에게 잡아먹힌 뮨테가 마석수로 변하면서 저런 모습이 된 모양이었다.

심지어 그뿐만이 아니었다.

"훗훗훗훗호————!"

뮨테의 웃음 소리가 들려오는가 싶더니, 인간형 마석수는 거대해진 양손의 각 손가락에 얼음의 칼날을 생성해 냈다.

"마나를 사용하고 있어⋯⋯!"

이 이공간은 하이랜더에게 효과가 없다. 뮨테의 이마에는 성흔이 새겨져 있었고, 따라서 이곳에서도 자유자재로 마인을 다룰 수 있는 것이다.

인간형 마석수는 얼음의 칼날을 주변의 거미형 마석수들에게 휘둘러 몇 마리를 꼬치로 만들었다. 그러자 마석수들은 마인 포식자가 뮨테를 포식했을 때처럼 검은 재로 변해 흡수되었다.

마석수로 변하면서 마석수마저 흡수할 수 있게 된 모양이었다.

"⋯⋯마석수를 먹었어?!"

"엄청난 기세로 먹고 있어……!"

다수의 거미형 마석수가 눈 깜짝할 사이에 흡수되었다. 그러자 인간형 마석수에게 변화가 나타났다.

인간형 마석수 아래에 거미 다리가 자라나기 시작했다. 비슷한 형태의 마석수를 반복해서 먹은 결과였다.

설상가상으로 주변에 있던 거미형 마석수들이 앞다퉈 인간형 마석수에게 모여들었다.

대량의 마석수를 포식함으로써 여왕벌이나 여왕개미에 준하는 지배력을 얻은 모양이었다.

"으아, 합체하고 있어……."

이윽고 인간형 마석수의 하반신이 완전히 거미처럼 변했다.

마인 포식자의 몸뚱이와 마인.

뮨테의 얼굴과 성흔.

거미형 마석수의 하반신.

이쯤 되면 마인 포식자도, 마석수도, 하이랜더도 아니었다. 이 모든 개체가 마구잡이로 뒤섞인 키메라였다.

한 가지 분명한 점은…… 강해 보인다는 것.

"엄청난 키메라군요. 이런 수단을 숨겨두고 있었다니, 제법인 걸요? 다시 봤어요."

적들이 하나로 뭉친 덕분에 잉그리스 혼자서 상대하기에도 제격이었다.

솔직히 말해서 이 이공간만으로는 살짝 부족하다고 느끼던 차였다.

"내, 내가 한 짓이 아니야! 나는 마석수를 모아두기만 했을 뿐이다……!"

팔스가 잉그리스의 말을 부정했다.

"네? 그럼 누가…… 그렇군요. 이번에야말로 프리즘 파우더인가……."

아르시아 재상을 지키던 기사들과 팔스가 음모를 꾸몄듯이, 혈철쇄 여단 또한 독자적인 방법으로 손을 쓴 것이리라.

그렇다면 레온이 왕도에서 목격된 것도 설명이 되었다.

뮤테가 복용한 프리즘 파우더의 효과가 이 대목에서 발휘된 것이다.

"그렇다면 이 상황은 우연의 산물이란 거군요? 후후훗. 저의 평소 행실이 보답을 받았나 보네요."

"나 참, 크리스! 이럴 때 기뻐하지 마!"

"맞아! 엄청나게 징그럽다고, 저거!"

아르시아 재상을 데리고 옆으로 다가온 라피니아와 레오네가 입을 모아 말했다.

"어쩌면…… 나의 평소 행실이 보답을 받은 걸지도 모르지!"

불현듯 잉그리스에게 멱살을 잡혀있던 팔스가 일그러져 보이기 시작했다. 멱살을 움켜쥔 손에서 무게감이 사라지고, 팔스의 모습도 희미해져 갔다.

"특등석에서 관람하지 못하게 된 건 아쉽지만……! 여기가 바로 너희들의 무덤이다! 나중에 시체 정도는 주우러 와 주마! 저 괴물한테 먹히지 않았다면 말이지!"

결국, 팔스는 자취를 감추고 그의 목소리만이 허공에 울려 퍼졌다.

잉그리스 일행을 남겨두고 혼자서 이공간 밖으로 이탈한 모양이었다.

"앗……! 사라졌어!"

"우리를 남겨두고 도망친 거야?!"

"본인이 당해서 이공간이 붕괴하는 걸 방지하려고 그랬겠지."

"그, 그럴 수가……. 여기서 나갈 수는 있는 거야?!"

"잉그리스, 어때? 저번처럼 가능하겠어?"

"아마 공간을 부수면 가능할걸. 하지만 그 전에……."

저 키메라와의 싸움을 즐겨야 했다.

"훗호! 잉그리스의 냄새가 난다아아아! 잉그리스으으으으! 나와 하나가 되자꾸나아아! 하나가 된다는 건 엄청나게 기분 좋은 일이란다아아아!"

뮨테의 얼굴이 혀를 날름거리며 외쳤다.

기분 탓일까. 마석수가 되었는데도 딱히 변한 게 없어 보였다.

"……역시 좀 징그러울지도?"

보고 있자니 천하의 잉그리스도 등줄기가 섬뜩했다.

"당연하지! 얼른 쓰러트려 버려, 크리스!"

"빨리 처치하는 편이 정신 건강에 이로울 것 같아."

"알았어."

잉그리스는 혼자서 키메라가 된 뮨테 앞으로 걸어갔다.

"저를 쓰러트린 다음에 좋을 대로 하시면 되겠네요. 자, 덤비세요."

"홋홋홋홋호오오옷!"

무수히 자라난 거미 다리가 얼음의 칼날로 변해 잉그리스를 엄습했다.

몸집은 커다랬지만 움직임은 이상할 만큼 날랬다.

"?!"

다리 하나하나의 공격이 기존의 마인 포식자가 펼치던 공격을 웃돌았다.

애초에 공격 횟수부터가 마인 포식자와는 비교도 되지 않았다.

얼음의 칼날로 이루어진 탄막이라 표현해야 할 정도였다.

아무래도 공격을 회피하며 정면 돌파를 하기는 어려워 보였다. 그만큼 공격의 밀도가 높았다.

"크고 징그럽게 생긴 주제에 빠르네, 저 녀석!"

"그래도 잉그리스에겐 통하지 않아!"

다만, 후방으로 회피한다는 선택지가 존재하는 이상, 아예 피할 방법이 없는 건 아니었다.

"엄청난 움직임이로군. 여러 명으로 보일 정도야……!"

아르시아 재상은 잉그리스의 움직임에 압도된 눈치였다.

단순히 빠르기만 한 것이 아니었다. 잉그리스의 저 우아한 몸놀림은 넋을 놓고 쳐다보기에 모자람이 없었다.

"자, 자네들한테는 한 명으로 보이는 건가?"

"네. 일단은요."

"보는 게 고작이지만요."

"……기사 아카데미는 유능한 인재들을 길러내고 있는 모양이군."

그러는 동안에도 잉그리스는 키메라 주위를 시계 방향으로 돌면서 공격을 회피해 나가고 있었다.

단순히 피하고 물러나기만 해서는 의미가 없다. 반격으로 전환하기 위한 포석을 깔아둘 필요가 있었다.

"훗호오오오! 좋구나, 아주 좋구나아아아아!"

잉그리스는 자신의 목을 노리고 날아오는 칼날을 피하며 키메라의 옆구리 뒤쪽으로 파고들었다.

키메라가 여기에 반응해 방향을 전환하려 한 순간.

"지금이다!"

잉그리스는 다리에 힘을 실어 반대 방향으로 도약했다.

그 결과, 잉그리스는 상대방의 시야에서 완전히 사라져 버렸다.

상대방은 몸집이 큰 만큼 몸을 돌리려면 시간이 걸린다. 잉그리스는 그 점을 이용해 사각으로 파고든 것이다.

"호훗?"

잉그리스의 모습을 놓친 키메라가 얼빠진 소리를 냈다.

"하아아아아아압!"

콰과아아아앙!

"끼에에에에엑?!"

잉그리스의 발차기가 뮨테의 안면에 꽂히며 얼굴의 모양이 추하게 일그러졌다.

하지만 그뿐이었다.

얼굴이 일그러지고 상반신이 뒤로 넘어갔지만, 키메라는 무수히 많은 거미 다리를 이용해 밀려나지 않고 버텨냈다.

"역시 무겁네."

웬만한 마석수였다면 이 발차기 한 대로 멀찍이 날아가 버렸을 것이다.

역시 평범한 괴물이 아니었다. 재밌어!

"홋호오!"

맷집도 강하고 반응도 빨랐다.

발차기로 일그러진 뮨테의 얼굴에서 혓바닥이 뻗어 나와 잉그리스를 휘감았다.

무릎에서 시작해 허벅지, 가슴 언저리까지 둘둘 옭아매 왔다.

"홋홋홋호! 달콤해, 부드러워어어어!"

"그만 하세요. 더럽잖아요."

잉그리스는 에테르 셸을 발동시켰다.

푸르스름한 빛에 뒤덮인 잉그리스가 뮨테의 혀를 뜯어내고 탈출했다.

"아그아아아악?!"

175

"그래도 제법이네요."

아직 사용할 생각이 없었던 에테르 셸을 발동시키고 말았다.

마나를 사용할 수 없는 이 공간에서는 달리 선택지가 없었다.

에테르를 사용한 전투는 기력의 소모가 심하다.

이렇게 된 이상 빨리 결착을 지어야만 했다.

이후 이 공간에서 탈출하기 위한 여력도 남겨둬야 하고, 바깥에 있을 팔스를 상대할 힘도 있어야 한다.

"하앗!"

잉그리스는 일단 거리를 벌리며 착지했다. 그리고 이번에는 정면으로 돌진했다.

"홋홋홋호오!"

키메라는 잉그리스의 속도에 맞춰 얼음의 칼날을 휘둘렀다.

"제 속도에 반응하는 것만도 대단해요."

확실히 칭찬받아 마땅했다. 에테르 셸을 사용한 잉그리스의 움직임 앞에서는 꼼짝도 하지 못하는 자들이 태반이었다.

"하지만!"

잉그리스는 쏟아져 내리는 칼날을 모조리 주먹으로 가격했다. 잉그리스가 내지른 주먹 역시도 탄막에 버금가는 기세를 자랑했다.

"으갸아아아아아악?!"

잉그리스의 주먹이 얼음의 칼날로 변한 마석수의 다리를 부숴 나갔다.

"가, 갑자기 다리가 죄다 날아가 버리다니……! 대체 어떻게 된 건가?!"

"저, 저희도 잘 모르겠어요!"

"푸르스름한 빛에 닿는가 싶더니 산산조각이 나버렸어……!"

세 사람의 눈에는 잉그리스가 내지른 주먹이 보이지 않았다.

무수히 많던 다리가 한꺼번에 터져 나가는 것처럼 보였을 뿐이 었다.

문득 정신을 차렸을 때, 바닥에는 다리를 잃어버린 뮨테의 몸 뚱이가 굴러다니고 있었다.

"자, 다시 이별입니다."

에테르 셸을 해제한 잉그리스는 바둥대는 뮨테를 향해 오른 손 바닥을 뻗었다.

잉그리스의 손바닥 앞에 소용돌이치듯 빛이 모였다.

푸르스름한 색의 선명한 빛이 순식간에 거대한 덩어리로 성장 했다.

"에테르 스트라이크!"

쿠고고고오오오오오오오!

"홋호오오오오오옷?!"

거대한 광탄이 뮨테의 커다란 몸뚱이를 집어삼켰다.

영웅왕,

극한의 무를 위해 전생하다

그리고 세계 최강의 견습 기사가 되다♀

"응. 끝났네."

뮨테가 에테르 스트라이크의 빛 속에서 소멸하자 잉그리스는 고개를 살짝 끄덕였다.

최대 출력으로 에테르 스트라이크를 발사했음에도 아직 여력이 남았다.

지구력도 조금씩이기는 하지만 착실하게 성장해 나가고 있었다.

"역시 크리스! 훌륭해!"

"대단하다고는 생각했지만, 이 정도로 대단할 줄이야!"

라피니아와 레오네가 잉그리스에게로 달려왔다.

"응. 실은 좀 더 느긋하게 싸우고 싶었는데. 좋은 훈련 상대였거든."

저렇게 보여도 강함은 진짜배기였다.

정황상 단기 결전으로 마무리를 짓고 말았지만, 가능하다면 좀 더 여유를 두고 싸워보고 싶었다.

"뭐어……? 훈련 상대로 삼기에는 너무 징그럽지 않아?"

"마, 맞아. 마석수가 되기 전이나, 후나 도저히 못 봐주겠던걸."

"그건 그렇지만……. 힘에는 죄가 없잖아."

정 쳐다보기 힘들면 눈을 감고 싸우는 방법도 있다.

"자, 자네는 대체 정체가 뭔가……? 성기사와 하이랄 메나스조차 이 정도는……."

"평범한 종기사인데요? 자, 보세요."

잉그리스는 아르시아 재상에게 마인이 없는 두 손을 내밀어 보였다.

"……확실히 그렇군. 하지만 자네한테는 그 이상의 무언가가 있는 듯하네."

"그보다 이 공간에서 탈출하는 방법부터 고민해 보는 게 어떨까요? 지금쯤 바깥에서 무슨 일이 벌어지고 있을지 모르니까요."

"그, 그러지. 하지만 어떻게……."

그런데 재상이 말을 끝내기가 무섭게 주변의 광경이 변화하기 시작했다.

눈앞이 일그러지는가 싶더니, 잉그리스 일행은 원래의 선실 안으로 돌아와 있었다.

"앗! 돌아왔다……?! 크리스가 한 거야?"

"아니, 나는 아무것도 안 했어."

"아앗! 저거 봐!"

레오네가 외쳤다. 그녀의 시선이 향한 곳에는 팔스가 있었다.

팔스의 복부에는 한 자루의 검이 박혀 있었고, 검에서는 끈적한 피가 흘러내렸다.

그리고 팔스를 꿰뚫은 검의 주인은…….

얼굴을 완전히 뒤덮은 검은색의 철가면에, 전신을 새까맣게 물들인 외투 차림의 복장.

"앗! 혈철쇄 여단의 흑가면!"

라피니아가 외쳤다.

"뭐……?! 그, 그 말은…….'

"맞아, 레오네. 혈철쇄 여단의 리더야.'

잉그리스는 자신이 이공간에서 빠져나오게 된 이유를 알아챘다.

팔스가 흑가면에게 치명상을 입어 이공간이 붕괴해 버린 것이리라.

"큭……! 으윽……!'

팔스가 바닥에 털썩 쓰러졌다.

"잉그리스 유크스인가. 이런 곳에서 만나다니, 별일이군.'

흑가면이 잉그리스를 바라보았다.

"대체 어떻게 이곳에…….'

다른 누군가로 변장해서 잠입한 것일까?

"저거다.'

흑가면은 자신의 등 뒤쪽을 가리켰다.

흑가면은 하늘과 인접한 벽을 등지고 있었다. 그 벽은 거의 다 부서진 상태였다. 바닥 여기저기에 벽의 파편이 난잡하게 어질러져 있었다. 잉그리스 일행이 이공간에 갇히기 전보다 훨씬 지저분했다.

그리고 부서진 벽 너머로 보이는 하늘에 거대한 전함이 하늘을 날고 있었다.

"뭣……!'

"에엑?!'

"어째서 저게?!"

흑가면의 등 뒤로 보이는 전함은 잉그리스가 타고 있는 하이랜드의 전함과 비교해도 손색이 없는 크기를 자랑했다.

선체에는 대포가 여럿 달려있었다. 저 대포로 이 벽을 날려버린 모양이었다.

"이럴 수가! 왕국조차 하사받지 못한 물건을 어떻게……?!"

아르시아 재상의 말대로였다.

전함을 소유하고 있는 시점에서 이미 단순한 게릴라 조직의 범주를 넘어섰다.

도대체 혈철쇄 여단의 전력과 규모는 어느 정도란 말인가.

영 꺼림칙했다. 여차하면 나라 하나를 빼앗는 것도 가능하지 않을까.

"자잘한 고민은 됐어. 여기서 쓰러트려 버리면 돼!"

레오네가 마인무구인 검은색의 대검을 수직으로 내리쳤다.

비록 거리는 멀었지만, 칼날이 순식간에 길게 늘어나며 흑가면을 베어 들어갔다.

채앵!

하지만 흑가면은 레오네의 혼신의 일격을 한손검으로 간단히 막아냈다.

"관둬라. 네 실력으로는 나를 쓰러트릴 수 없어."

"입 다물어! 너 때문에 레온 오라버니가! 네가 레온 오라버니를 속여서 끌어들이는 바람에!"

레오네가 맹렬한 연속 공격을 이어나갔지만 흑가면은 그것을 전부 받아넘겼다.

"그건 오해다. 동지 레온은 내가 없었더라도 스스로 들고일어 났을 거다. 나 따위가 속인다고 해서 넘어올 남자가 아니야. 그에게는 확고한 신념이 있다. 우연히 우리와 사상이 일치했고, 그 결과 손을 잡은 것에 불과하다."

"시끄러워! 다 안다는 듯이 지껄이지 마!"

"못 말리는 아가씨로군."

까아아앙!

이번에는 흑가면이 검을 휘둘러 레오네의 대검을 쳐냈다.

"앗……?!"

그 충격으로 레오네는 손에서 대검을 놓치고 말았다. 레오네의 대검이 바닥에 떨어졌다.

"경고하지. 그 이상 공격해 온다면 반격하겠다. 내게도 목적이 있거든."

"큭……! 누가 그딴 협박에 굴할 줄 알고……!"

레오네는 망설임 없이 바닥에 떨어진 마인무구를 주우려 했다.

하지만 잉그리스가 그녀의 손을 살며시 붙잡아 제지했다.

"잠깐, 레오네. 뒤는 나한테 맡겨줘. 레오네가 다치면 큰일이잖아. 그리고……."

"저 녀석과 싸워보고 싶다고?"

"……들켰어?"

"눈치 못 챘구나. 지금 엄청 즐거워 보여, 잉그리스의 얼굴."

"미안."

"괜찮아. 확실히 잉그리스한테 맡기는 수밖에 없어 보이네. 부탁할게."

"응. 나한테 맡겨."

잉그리스는 흑가면 앞으로 걸음을 내디뎠다.

"생각했던 것보다 기회가 빨리 찾아왔네요."

"……한 가지 묻고 싶다. 하이랜드의 특사 뮨테는 어디에 있지? 그를 처치하기 전에는 너하고 어울려 줄 여유가 없다만."

"이제 없어요. 제가 쓰러트렸거든요."

"호오…… 덕분에 수고를 덜었군. 그렇다면 나는 더 용무가 없다만…… 순순히 보내주진 않겠지?"

"네. 당신이 도망친다면 저 전함까지 쫓아갈 거예요. 전함이 부서져도 전 몰라요."

"그건 곤란한데."

그때였다.

콰아아앙!

굉음과 함께 전함이 크게 흔들렸다.

"꺄악?!"

"뭐, 뭐였지……?!"

"꽤 컸어."

바닥이 크게 기울어지는 감각이 느껴졌다.

여기서 끝이 아니었다. 폭발음이 추가로 두 번, 세 번 연달아서 들려왔다.

그때마다 바닥도 좌로 우로 기울었다.

"……뭔가 이변이 일어난 모양이군."

흑가면이 바깥을 보았다.

혈철쇄 여단의 전함이 하늘 높이 멀어지고 있었다.

하지만 실제로는 반대였다.

"떠, 떨어지고 있어?!"

"위험해! 밑에는 왕도가 있잖아!"

라피니아와 레오네의 말대로였다.

왕도의 상공에서 물자의 헌납을 진행하는 이유는 혈철쇄 여단에 대비하기 위해서였다. 그런데 정작 혈철쇄 여단은 전함을 타고서 간단히 다가왔다. 얄궂은 노릇이었다.

물론 혈철쇄 여단이 어떤 상태인지 정보가 부족한 탓이긴 했지만, 결과적으로 왕도 상공에서 거래한다는 이번 대책은 아무런 효과도 없었다. 행여나 전함이 왕도로 추락하기라도 했다가는 어마어마한 피해가 발생할 게 분명했다. 완전히 허를 찔리고 말았다.

"당신이 벌인 짓인가요……?!"

"아니. 그런 지시는 내린 적 없다."

흑가면이 고개를 가로저었다.

바로 그때, 피를 흘리며 쓰러져 있던 팔스가 몸을 벌떡 일으켰다.

가슴을 꿰뚫려 치명상을 입은 것은 분명했지만, 마지막 힘을 쥐어짜 저항하고 있었다.

팔스는 피 묻은 손으로 움켜쥔 검을 바로 옆에 서 있던 레오네에게 내질렀다.

"죽어라아앗!"

"?!"

허를 찔린 레오네의 가슴에 팔스의 검이 꽂히기 직전.

파직, 파직 전기로 만들어진 짐승이 튀어나와 팔스에게 달려들었다.

뇌수는 팔스를 레오네로부터 떨어트리려는 것처럼 몸을 부딪치더니, 멀리 날아간 팔스와 함께 폭발을 일으켰다.

콰아앙!

이미 치명상이었던 팔스의 몸이 새까맣게 타서 너덜너덜해졌다.

"빌어……먹을. 하지만 기관부는…… 파괴했다……. 전함과 함께 떨어져라……!"

팔스는 마지막까지 잉그리스 일행을 노려보면서 마침내 죽음을 맞이했다.

"레오네!"

"괜찮아?!"

"으, 응……. 그보다 지금 건 레온 오라버니의! 다, 당신이 한 거야……?!"

"난 모른다."

흑가면이 무감정하게 대답했다.

레오네는 잉그리스를 쳐다보았지만, 잉그리스도 고개를 가로저었다.

"아니야. 나는 안 했어."

"그럼 역시 당신이……!"

레오네의 그 목소리를 지우듯 한 대의 플라이 기어가 바깥쪽 상공에서 날아왔다.

조종간을 쥐고 있는 것은 혈철쇄 여단의 하이랄 메나스인 시스티아였다.

"선내의 하이랜더는 전부 처치했습니다만, 누군가에 의해 기관부가 파괴되어 제어할 수 없는 상황입니다! 이 전함은 곧 추락합니다! 서둘러 탈출해 주십시오!"

"알겠다. 나포할 수 없다면 오래 있어봤자 허사겠지. 이쪽의 피해만 확대될 테니."

흑가면이 하늘을 바라보며 말했다. 그곳에서는 왕국 측의 플라이 기어 포트와 플라이 기어가 혈철쇄 여단의 전함을 포위해가고 있었다.

주변을 경계하고 있던 왕국 측의 전력이 이변을 알아채고 행동을 개시한 것이다.

여기에는 병력 부족으로 차출된 기사 아카데미의 학생들도 포함되어 있을 터였다.

리제롯테를 비롯한 지인들도 저 안에 있을지 몰랐다.

"차라리 잘 된 걸지도 모르겠군. 이 상황에서 나를 쫓을 수는 없을 테니. 전함이 무사했더라면 싸움을 피하기는 어려웠겠지. 너와는 싸우고 싶지 않거든."

확실히 그의 말대로였다. 잉그리스는 시스티아의 플라이 기어에 탑승하는 흑가면을 쫓지 않았다.

"저는 이번에야말로 꼭 싸우고 싶었는데 말이죠."

잉그리스는 입술을 삐죽 내밀었다. 이 상황이 몹시 불만스러웠다.

"후……. 다른 사람이라면 힘을 빌려줬겠지만, 너라면 어떻게든 해결할 테지? 뒤는 맡기겠다. 자, 출발하자. 시스티아."

"예!"

플라이 기어가 날아오르며 흑가면과 시스티아의 모습이 멀어져 갔다.

"오라버니……! 우리 오라버니가 맞는 거야?"

"……저 사람이 레오네를 도와준 건 분명하다고 봐. 하지만 저 인물이 레온 씨인지는 아직 장담할 수 없어. 저 사람이라면 레온 씨의 능력을 재현해 낼 수 있을지도 모르거든."

흑가면은 잉그리스보다 세밀한 에테르 조작 능력을 지니고 있었다.

에테르를 마나로 바꿔 레온의 상급 마인무구 효과를 재현할 수 있을지도 몰랐다. 따라서 함부로 단정 짓는 것은 금물이었다.

"어쨌든 우리도 서둘러 탈출하자!"

"그렇네. 전함이 제어 불능에 빠진 이상 밖으로 나가서 멈추는 수밖에 없겠어."

이대로 이 배를 왕도에 떨어트릴 수는 없었다.

그렇게 되면 엄청난 피해가 발생할 것이다.

"으……. 알았어. 서두르자!"

레오네도 마음을 다잡고 고개를 끄덕였다.

바로 그때, 흑가면과 교대하듯 두 대의 플라이 기어가 날아왔다.

"어이! 잉그리스!"

"아버지! 무사하신가요?!"

라티가 조종하고 프람을 태운 플라이 기어와 리제롯테가 탑승하고 쌍둥이인 반과 레이가 조종하는 플라이 기어였다.

"라티. 마침 잘 왔어."

"오오, 리제롯테구나!"

"어서 타! 탈출하자!"

"아버지, 어서 여기 타세요!"

잉그리스 일행은 라티의 플라이 기어에 탑승하고, 아르시아 재상은 리제롯테에게 맡겼다.

"어서 재상 각하를 안전한 곳으로 모셔다드려. 우리는 이 전함을 멈춰 볼게."

"네, 알겠어요!"

"부탁하네, 자네들. 마을 한복판에 떨어지는 것만큼은 어떻게든 막아야 하네!"

"""네!"""

잉그리스 일행이 아르시아 재상의 부탁에 고개를 끄덕여 보였다.

"……그나저나 저렇게 커다란 걸 어떻게 하려고?!"

조종간을 붙잡고 있는 라티가 물었다. 라티는 꽤 비좁아 보였는데, 플라이 기어의 정원을 초과하는 다섯 명이나 되는 인원이 타고 있었으니 무리도 아니었다.

"라티, 전함 밑으로 이동해 줘."

"알겠어!"

하이랜드의 전함은 기관부에서 연기를 뿜어내며 떨어지고 있었다. 추락 방향은 왕도가 확실해 보였다.

그래도 부력을 완전히 잃어버리지는 않았기 때문에 잉그리스가 타고 있는 플라이 기어는 무사히 전함 아래쪽으로 이동할 수 있었다.

콰아아앙!

다시금 폭발음과 함께 전함이 흔들렸다. 선체가 기울어지며 갑판에서 커다란 무언가가 미끄러져 내려왔다.

"앗! 갑판에 있던 플라이 기어 포트가!"

"위험해! 떨어지겠어!"

"나한테 맡겨!"

플라이 기어 포트라 할지라도 지상에 떨어지면 막대한 피해가 발생할 것이다.

잉그리스는 망설임 없이 플라이 기어 밖으로 뛰쳐나갔다.

"크리스?!"

"잉그리스! 너무 무모해!"

"어어이! 뭘 하는 거야?!"

동료들의 비명을 들으며 공중으로 도약한 잉그리스는, 낙하하는 플라이 기어 포트의 근처로 접근했다.

"지금이다!"

잉그리스가 플라이 기어 포트를 향해 에테르 스트라이크를 발사했다.

쿠고고오오오오!

플라이 기어 포트는 거대한 청백색의 빛에 삼켜져 소멸해 버렸다.

그리고 반동에 의해 밀려난 잉그리스의 몸은 라티가 모는 플라이 기어로 되돌아왔다.

"다녀왔어!"

"아하하……. 어서 와, 크리스."

"깜짝 놀랐잖아. 갑자기 뛰쳐나가면 어떡해."

"여전히 터무니없는 짓만 골라서 하는구나, 넌."

"대, 대단해, 잉그리스……!"

하지만 이것은 떨어진 부산물을 처리한 것에 불과했다.

결국에는 저 전함을 어떻게든 해야 했다.

"잉그리스, 이제 어떻게 하려고?! 아까 기술을 사용해서 전함을 날려 버릴 생각이야?!"

"아니. 그건 어렵지 않을까 싶어."

라티의 물음에 잉그리스는 고개를 가로저었다.

방금 에테르 스트라이크를 발사하고 확신했다. 플라이 기어 포트라면 또 몰라도, 전함을 완전히 뒤덮어 소멸시키기는 무리였다. 출력이 부족했다.

전함에 에테르 스트라이크를 쏘더라도 선체를 관통하는 데서 그칠 터였다. 오히려 대량의 잔해가 만들어질 우려가 있었다.

그 잔해들이 왕도에 쏟아지면 상황이 더 안 좋아질 수도 있었다.

게다가 오늘은 이미 에테르 스트라이크를 두 발이나 사용했다. 세 발째를 쏠 수 있을지 어떨지조차 의심스러웠다.

설령 쏠 수 있다 해도, 두 발째보다 위력은 떨어질 게 분명했다.

"그, 그럼 어떻게 하게?!"

"일단 지상으로 이동해 줘. 어디에 떨어질지 직접 보고 판단하고 싶어."

만약 사람이 없는 공터나 광장에 추락한다면 떨어지게 놔둬도 무방하리라.

반대로 상점가나 주택가에 떨어진다면 막아내든, 궤도를 변경하든 손을 써야 할 것이다.

"떨어져도 큰 피해가 없는 장소라면 내버려 둬도 괜찮다는 거지?"

"응, 라니. 잘하면 살짝 엇나가서 호수에 떨어져 줄 가능성도 있고.”

“잉그리스, 만약 마을 한복판에 떨어질 것 같으면 어떡할 생각
이야?”

“막아내든지, 낙하 궤도를 바꿔보든지 해야겠지. 공중에서는
전력을 다하기 어려우니까 일단은 밑으로 내려가는 게 좋겠어.”

“그렇네. 그러자.”

“서둘러 사람들을 피난시키면 아직 구할 수 있을지도 몰라요!”

평소에는 느긋한 분위기의 프람도 상황이 상황인 만큼 진지한
표정을 짓고 있었다.

“좋아, 그럼 전속력으로 내려간다!”

라티가 모는 플라이 기어가 맹렬한 스피드로 지상을 향해 날아
갔다.

잉그리스 일행은 라티의 타고난 비행 감각의 도움을 받아 전함
의 낙하 예상 지점을 짚어냈다.

“……이 근처에 떨어질 것 같아!”

“이런, 위치가 너무 안 좋네.”

“응. 최악이야!”

“반드시 막아야 해!”

일행의 눈앞에 있는 것은 왕도의 정 중앙에 있는…… 왕성이
었다.

전함은 왕성 한복판에 곤두박질치려 하고 있었다.

연기를 뿜어내는 전함의 모습이 점점 더 커다랗게 변해갔다.

"빨리들 도망쳐! 위에서 큼지막한 게 떨어지고 있어!"

라티가 성의 문지기들을 향해 외쳤다.

문지기들이 허둥지둥 달려가기 시작했다.

왕성 안이 삽시간에 혼란스러워졌다.

"그대로 계속 사람들을 피난시켜 줘. 우리는 일단 여기서 내릴 게. 가자, 라니. 레오네."

잉그리스는 그 말을 남기고 왕성의 정문 앞으로 뛰어내렸다.

"응, 크리스."

"알았어. 가자!"

라피니아와 레오네가 잉그리스를 따라 뛰어내렸다.

"나도!"

"너는 가만히 있어!"

라티가 잉그리스 일행을 따라가려던 프람을 제지했다.

"어째서 막는 건가요? 제 지원 능력이라면……."

"굳이 내리지 않아도 가능하잖아! 됐으니까 여기에 있어!"

"하지만 다들 위험을 감수하고 내렸는걸요……."

"우리는 괜찮아, 프람. 라티는 프람이 걱정돼서 그러는 거니까 옆에 있어."

"와! 정말인가요, 라티?!"

"시끄러워! 그런 한가로운 소리를 할 때가 아니잖아!"

그때, 잉그리스 일행이 있는 곳으로 몇 대의 플라이 기어가 다가왔다.

라티와 프람에게서 시선을 돌린 잉그리스는 그들을 향해서 외쳤다.

"여러분도 피난 유도를 도와주세요!"

"그래, 알았다!"

모여있던 플라이 기어들이 뿔뿔이 흩어졌다.

이제 추락하는 전함을 어떻게든 하는 것만이 남았다.

"부럽다, 저 두 사람. 아아, 나한테도 남자가 있었으면……."

"절대로 안 돼. 라니한테는 아직 일러. 꿈도 꾸지 마."

"너희도 그런 한가로운 소리나 하고 있을 때니?! 어쩔 건데, 저거!"

"뭐, 크리스가 나선다고 했으니 어떻게든 되지 않겠어? 그렇지, 크리스?"

"응. 레오네도 있으니 어떻게든 될 거야."

"나?"

"응. 내 손으로 저걸 막아내려 해 봐야 손이 닿기도 전에 성이 다 무너져 내릴걸? 하지만 높은 곳에서 충격을 가해서 저쪽으로 떨어트리면……."

잉그리스가 왕성의 변두리에 설치된 선창을 가리켰다.

성에서 직접 호수로 나갈 수 있도록 끌어다 놓은 수로였다.

왕성이나 근처의 주택가보다는 수로에 떨어트리는 편이 그나마 피해가 적었다.

"충격을 가한다고? 그렇구나! 내 검을 길게 만들어서……!"

"응, 맞아. 최대한 크게 만들어 줘. 그래야 전함을 튕겨내기 쉬울 테니까."

"그렇게 거대해진 검을 우리가 힘을 합쳐서 휘두른다 이거구나!"

"나 혼자서는 도저히 무리겠네."

"세 명이라면 가능할지도 몰라. 우리한테는 괴력녀 크리스가 있잖아!"

"두 사람도 마인무구를 들면 충분히 괴력녀야."

"어쨌든 한번 해보자!"

레오네가 그녀의 마인무구인 대검을 강하게 움켜쥐자, 대검의 폭과 길이가 쑥쑥 늘어나기 시작했다.

"이게 한계야! 마음 같아서는 더욱 크게 만들고 싶지만⋯⋯!"

폭은 여러 명의 어른이 양팔을 벌린 정도. 길이는 성의 옥상에 닿을 만큼 늘어났다.

하지만 거대한 전함을 튕겨내기에는 아직 부족해 보였다.

"저한테 맡겨 주세요!"

라티의 플라이 기어에 타고 있던 프람이 마인무구를 들고 외쳤다. 다만 그녀가 든 마인무구는 무기가 아니라 반짝이는 은색의 하프였다.

프람이 하프를 연주하자, 아름다운 선율이 흘러나오며 레오네와 라피니아의 마인무구가 희미한 빛의 막으로 둘러싸였다.

프람의 마인무구가 자아내는 선율에는 주변에 있는 마인무구의 성능을 강화하는 효과가 있는 듯했다.

동료를 지원하는 데 특화된 힘이었다.

같은 기사학과인 라피니아로부터 이야기로 들었을 뿐, 직접 보는 것은 잉그리스도 처음이었다.

"고마워! 덕분에 좀 더 분발할 수 있겠어!"

레오네가 거머쥔 검의 폭과 길이가 두 배 가까이 부풀어 올랐다.

검을 휘두르기 위한 근력도 덩달아 강해졌으리라.

라피니아도 마찬가지로 힘이 증가해 있을 터였다.

마인무구가 없는 잉그리스에게는 효과가 없지만, 라피니아와 레오네의 힘을 강화한 것만으로도 큰 도움이 되었다.

"이제 곧이야. 라니, 레오네. 준비는 됐어?"

전함은 벌써 코앞까지 다가와 있었다.

"응, 됐어!"

"나도! 시작하자!"

세 사람은 거대해진 레오네의 대검을 움켜쥐었다.

레오네가 사용한 기프트의 부수적인 효과인지 거대화한 검은색의 대검은 무게가 거의 느껴지지 않았다.

덕분에 떨어져 내리는 전함을 튕겨내는 데 온 힘을 다할 수 있을 것 같았다.

세 사람은 호흡을 맞춰 검을 높이 치켜들었다.

이어서 칼날이 아닌 넓은 옆면이 목표와 마주하도록 조절한 뒤, 잠시 가만히 대기했다.

연기를 뿜어내고 비명과도 같은 소리를 내지르며 떨어져 내리는 하이랜드의 전함. 거대한 전함의 그림자가 잉그리스 일행을 뒤덮기 시작했다.

"……왔다! 지금이야!"

"그럼 간다!"

"알았어! 하나, 둘!"

"""하아아아압!"""

꽈과아아아아앙!

검은색의 대검과 추락하는 전함의 전면부가 충돌하며 불꽃을 튀겼다.

무시무시한 반동이 세 사람의 손을 타고 전해져 왔다.

이를 악물고 버텨보려고 했지만, 몸이 뒤로 질질 밀려나며 바닥에 기다란 발자국을 새겼다.

"끄으으으윽……! 이거 생각보다 훨씬 무거운데?!"

"밀려나고 있어! 이대로는……!"

라피니아와 레오네가 무지막지한 무게에 얼굴을 찡그렸다.

아무리 두 사람이 프람의 마인무구로 강화되었다지만, 저 거대한 전함을 쳐낸다는 것이 무모한 짓이라는 사실에는 변함이 없었다.

어디까지나 이대로 아무것도 하지 않았을 때의 이야기지만.

"어쩔 수 없네."

잉그리스의 몸이 에테르의 푸르스름한 빛으로 뒤덮였다.

지금까지는 맨손으로 검을 쥐고 있었지만, 이젠 에테르 셸을 쓰지 않을 수 없는 상황이 되어버렸다.

에테르를 몸에 두른 상태로 무기를 사용하면 에테르의 힘을 감당하지 못하고 파괴되는데, 그건 마인무구도 예외가 아니었다. 적어도 하급 마인무구와 중급 마인무구는 여지없이 망가져 버렸다.

레오네의 상급 마인무구라면 견딜 수 있을지도 모르지만, 가능하면 위험을 무릅쓰고 싶지는 않았다.

하지만 여기서 전함이 추락해 버리면 본말전도. 더는 방법을 가릴 때가 아니었다.

"남아있는 모든 힘을 사용해서……!"

잉그리스는 얼마 남지 않은 에테르를 거덜 낼 기세로 전부 쏟아부었다.

추락하는 전함의 기세를 감당하지 못하고 질질 밀려나던 다리가 뚝 멈추었다.

에테르로 뒤덮인 검은색 대검이 추락하는 전함과 팽팽하게 맞섰다.

전함의 앞부분의 모양이 일그러지기 시작했다. 삐걱거리는 쇳소리가 한층 격해졌다.

"하…… 할 수 있겠어! 역시 크리스야!"

"이대로 밀어 버리자!"

"응……! 조금만 더 하면 돼!"

하지만 그 조금이 닿을락 말락 하면서도 멀었다.

연전을 거듭해 온 데다가 에테르 스트라이크도 두 발이나 사용한 상황이라 잉그리스도 전력을 내지 못하고 있었다.

잉그리스는 자신의 부족한 지구력을 통감했다. 아직 많은 수행이 필요해 보였다.

"저도 돕겠어요!"

바로 그때, 잉그리스 일행의 눈앞에 할버드를 쥔 금발의 소녀가 날아 내려왔다.

"리제롯테?!"

이대로 힘에서 밀린다면 잉그리스 일행은 전함에 깔리고 말 것이다.

즉, 이것은 목숨이 걸린 힘겨루기였다.

리제롯테는 그런 힘겨루기에 합류한 것이다. 실로 대단한 용기였다.

"아버지는 안전한 장소로 피난시켜 드렸으니 저도 가세해야죠!"

리제롯테가 레오네의 검은색 대검의 손잡이에 손을 얹었다.

그녀도 프람의 연주 효과를 받아 신체 능력이 강화되어 있었다.

바로 그 힘이 결정타가 되어주었다.

"""이야아아아아아아압!"""

꽈과아아아아아아앙!

검은색 대검이 궤적을 그리며 전함을 밀어냈다.

대검에 밀려난 전함은 의도했던 대로 왕성 인근의 수로에 추락했고, 그 충격으로 거대한 물기둥이 솟아올랐다.

하늘 높이 치솟은 물기둥은 가랑비가 되어 잉그리스 일행의 머리 위로 쏟아져 내렸다.

"오오오오오오오옷?!"

"꾸, 꿈이냐 생시냐! 엄청난 걸 보고 말았어……!"

"괴, 굉장하군……! 정말 굉장하구나, 너희들!"

"그야말로 기적이다! 훌륭해!"

그 광경을 지켜보고 있던 자들이 일제히 환성을 터트렸다.

"잉그리스! 모두! 해냈구나! 엄청난데!"

"라티의 말대로예요! 정말로 대단해요, 다들……!"

라티와 프람도 눈을 반짝이고 있었다.

"후우……. 간신히 한 건 해결했네. 좀 지쳤어."

잉그리스가 크게 한숨을 내쉬었다.

에테르를 한계까지 쓰다 보니 상당한 피로감이 찾아왔다.

"내 말이! 팔에 힘이 하나도 안 들어가. 여기 바들바들 떨리는
것 좀 봐!"

"후후후. 나도 그래. 그래도 정말 다행이야."

라피니아와 레오네는 떨리는 팔을 서로에게 보여주고 있었다.

"제때 맞춰서 다행이네요."

리제롯테도 만족한 표정으로 고개를 끄덕였다.

라피니아가 그녀의 손을 꼭 움켜쥐며 빙그레 미소 지었다.

"도와줘서 정말 고마워! 내가 널 오해하고 있었나 봐!"

"아뇨, 오해가 아니에요. 제가 어리석었어요."

리제롯테는 레오네를 향해서 머리를 깊이 숙였다.

"이야기는 아버지에게서 들었어요. 저번에는 의심해서 죄송했습니다. 부디 제 무례를 용서해 주세요."

"어……? 아, 아냐. 괜찮아. 딱히 마음에 담아두지도 않았어."

레오네는 상당히 놀랐는지 당황해하며 대꾸했다.

"거짓말. 밤에 훌쩍훌쩍 울었으면서. 그렇지, 크리스?"

"라니도 봤구나. 레오네가 잠들 때까지 내가 꼭 안아줬지. 옛날에는 라니도 곧잘 그렇게 안아줬는데. 왠지 그립더라."

""그, 그만해!""

두 사람이 얼굴을 붉히며 빽 소리쳤다.

"어쨌든…… 정말로 죄송했어요. 혹시 기숙사를 원래대로 되돌리지 않으실래요? 물론, 어디까지나 레오네 씨가 원하신다면요."

"……! 응. 그럴게."

레오네가 부드럽게 웃으며 답했다.

"와! 잘 됐구나, 레오네!"

라피니아도 기뻐하며 손뼉을 쳤다.

"응! 라피니아의 코골이 때문에 자느라 힘들었거든……."

"뭐?!"

"확실히 익숙해진 내가 아니면 견디기 힘들지."

잉그리스가 진지하게 고개를 끄덕였다.

"우후훗. 품위 없는 대화네요. 그래도 재밌는 분들이에요."

우지끈!

느닷없이 단단한 무언가가 부서지는 소리가 났다.

"?! 마인무구가……?!"

레오네의 대검에 커다란 균열이 가더니, 몇 개의 조각으로 쪼개져 버린 것이다.

"이게 대체……?!"

"거, 검에 가해진 부담이 너무 심했나……?! 하긴, 그렇게 무거운 물건을 쳐냈으니…….."

"으아~ 미안해, 레오네……. 이건 내가 전력을 발휘한 탓이야."

"어어?! 그런 거야……?"

"미안해. 소중한 물건일 텐데…….."

"잉그리스……. 괜찮아. 전함을 멈추기 위해서는 어쩔 수 없었잖아. 신경 쓰지 마."

그렇게 말하는 레오네의 얼굴에는 환한 미소가 걸려있었다.

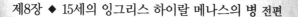

제8장 ◆ 15세의 잉그리스 하이랄 메나스의 병 전편

"자, 오래 기다렸지! 미트 소스 파스타, 그라탱, 파에야가 각각 3인분씩!"

""고맙습니다!""

잉그리스와 라피니아는 만면에 웃음을 지으며 요리를 받아 들었다.

기사 아카데미의 식당 안.

1차로 주문한 음식들을 전부 먹은 두 사람은 오랜 기다림 끝에 식당 아주머니로부터 2차 주문한 음식을 받은 참이었다.

"정말로 먹성이 좋더구나. 아직 더 만들 수 있으니 많이 먹고 많이 강해지렴!"

""네!""

다시금 입을 모아 대답한 뒤, 두 사람은 본인들의 자리로 돌아갔다.

"여, 여전히 엄청나게 먹는구나……. 아침 댓바람부터."

함께 자리에 앉아있던 레오네가 반쯤 질린 목소리로 말했다.

"자, 잘도 그게 다 배 속으로 들어가네요. 보고도 안 믿겨요."

리제롯테는 눈을 동그랗게 뜨고 있었다. 적잖이 놀란 모양이었다.

"그렇게 먹는데도 안 찌는구나. 두 사람."

"왠지 부럽네요……."

라티와 프람도 눈을 휘둥그레 떴다.

"내 말이. 나는 조금만 과식해도 금방 살로 가는데 말이야."

살찌기 쉬운 체질인 레오네는 두 사람이 부러운 눈치였다.

"그래? 나는 오히려 좀 쪘으면 좋겠던데. 특히 이 부분이."

라피니아는 그렇게 말하며 자신의 가슴을 탕탕 때렸다.

"레오네, 가슴이 커지려면 어떻게 해야 해?"

"저, 저도 알고 싶어요……!"

라피니아와 비슷한 체형의 프람도 덩달아 물고 늘어졌다.

리제롯테는 레오네와 두 사람의 중간 정도였으므로 묵묵히 대화를 지켜보았다.

"모, 몰라 나도. 언제부터인가 이렇게 되어있었는걸…….'

부끄러워하는 레오네의 가슴골 사이에서는 린이 쏙 들어가 편안함을 만끽하고 있었다.

"부럽다……. 한 번이라도 좋으니 레오네의 몸으로 살아보고 싶어."

"내 몸으로 그렇게 먹었다가는 눈 깜짝할 사이에 뚱뚱해질걸?"

"다시 말해서, 살도 안 찌는 데다가 여기도 빵빵한 크리스가 최강이라는 거네?"

"꺄악?! 다, 당연하다는 듯이 가슴에 손대지 마, 라니……!"

"뭐 어때! 부러우니까 괜찮아!"

"나 참, 하다못해 목욕탕 안에서 만지던가…….'

"오! 이제부터는 목욕탕에서 크리스의 가슴을 마음대로 주무를 수 있다는 소린가?"

"아니거든!"

"아하하……. 그런데 그렇게 먹어도 괜찮겠어? 지금부터 라파엘 님을 만나러 갈 예정이잖아?"

레오네의 말대로였다. 오늘은 기사 아카데미의 휴강일로, 잠시 후에 마을에 나가서 라파엘과 만나기로 약속이 되어있었다.

얼마 전의 하이랜드 전함 사건으로부터 며칠이 지났다. 이미 라파엘도 왕도로 귀환한 상태였다.

국경에 프리즈마의 사체를 수송하는 임무는 별다른 문제 없이 해결된 모양이었다.

라파엘과 만난다면 십중팔구 음식을 대접하겠다는 쪽으로 이야기가 흘러갈 터였다.

""응. 그래서 나름대로 자제한 건데?""

두 사람이 당연하다는 듯이 말했다.

"자, 자제해서 그 정도구나."

"그렇게 먹으면 밥값도 큰일이겠는걸."

"그건 그래. 고향에서 왕도로 올 때는 식비 때문에 용돈이 다 떨어진 적도 있었어."

라티의 지적에 라니가 동의했다.

"맞아. 그런 일도 있었지."

"지금은 교장 선생님 덕분에 식당에서 마음껏 먹고 있지만……. 이것도 언제까지 누릴 수 있는 혜택은 아니잖아. 우대권을 다 쓰면 라파 오라버니한테 식비를 달라고 부탁해 볼까?"

"그것도 좀 미안한데."

"하아. 저번 일로 포상이나 잔뜩 받았으면 좋았을 텐데."

"어쩔 수 없지. 공식적으로는 아무 일도 없던 게 되었잖아?"

"응. 그렇다더라."

레오네의 말에 잉그리스가 고개를 끄덕였다.

라파엘과 기사단의 부재중에 일어난 당시의 사건은 '원인 불명의 사고에 의해 하이랜드의 전함이 추락했다'라고 발표하며 마무리되었다. 진실을 그대로 밝히기 어려운 탓이었다.

아르시아 재상의 부하는 멋대로 폭주해서 하이랜더의 특사 뮨테를 제거하려 했고, 뮨테는 자신이 만든 실험체인 마인 포식자를 왕도의 밤거리에 풀어 죄 없는 기사들을 사냥했다.

양쪽 모두 심각한 문제 행위였다. 관계 악화 정도가 아니라 무력 충돌이 벌어져도 이상하지 않았다.

그건 하이랜드도, 왕국도 바라지 않는 결말이었다.

더구나 이번에는 라알 사태 때처럼 모든 것을 혈철쇄 여단의 짓으로 돌리기도 어려웠다. 혈철쇄 여단이 특사를 암살했다고 하면, 특사를 지키 못한 아르시아 재상과 현장의 기사들이 책임이 되기 때문이었다.

결국, 왕국에는 아무 일도 없었다고 하는 편이 가장 무난한 해결책이었다.

다만, 그 탓에 잉그리스 일행이 하늘에서 펼쳤던 활약도 없던 일이 되고 말았다. 왕도에 추락하던 전함을 막은 것도, 그냥 처음부터 배가 왕성이 아닌 곳을 향해 추락했다고 정리하면서 없던 일이 되었다.

이 '사고'에 괜히 잉그리스 일행을 언급하면 온갖 곳에서 그녀들에게 사고 경위를 캐물으려 들 테고, 자칫 누명을 쓰게 될 우려마저 있었다.

특히, 현장에 레오네가 함께 있었으니, 이야기가 퍼지면 온갖 억측이 나올 건 불 보듯 뻔한 일이었다.

따라서 그냥 없었던 일로 취급하는 것이 가장 안전했다.

하지만 모두 없던 일로 만들었다 해도, 잉그리스 일행의 활약을 무시할 수는 없었는지 며칠 뒤에 있을 왕성 주체 파티에 초대를 받았다.

그리고 오늘은 그 파티에 입고 갈 드레스를 맞출 예정이었다.

물론 잉그리스 일행에게 그만한 돈은 없었으므로, 라파엘이 사주기로 했다.

"자, 그럼 슬슬 출발하자. 크리스, 레오네. 왕도의 옷가게에는 분명 유미르보다 멋진 옷들이 많을 거야. 기대된다."

"응. 나도 기대돼."

잉그리스는 여전히 옷을 입어보는 것을 좋아했다.

"잉그리스가 그렇게 말하니까 좀 의외네. 연애에는 흥미가 없으면서 옷 치장은 좋아하는 거야?"

"거울 앞에서 옷을 입어보는 게 취미거든. 나만 만족하면 그걸로 충분해."

"그, 그렇구나……."

"크리스는 뭘 입어도 어울려서 갈아입히는 재미가 있어! 얼른 가자."

잉그리스 일행은 기사 아카데미를 나와, 인기척이 적은 뒷문 앞에서 라파엘이 오기만을 기다렸다.

하지만 잠시 후 모습을 드러낸 것은…….

"앗! 얘들아, 여기야!"

"오랜만이네."

하이랄 메나스인 리플과 에리스였다.

"에리스 씨, 그리고 리플 씨. 오랜만이에요."

잉그리스는 두 하이랄 메나스를 향해 정중하게 인사했다.

특히 에리스와 얼굴을 맞댄 것은 수년 만이었다. 그리운 기분이 들었다.

"3년 만이던가. 엄청 예뻐졌구나. 그때는 아직 어린 티가 묻어 났는데, 지금은 어른이 다 됐어."

"고맙습니다. 에리스 씨는 변함이 없으시네요."

"그렇지. 하이랄 메나스니까."

하이랄 메나스는 장수한다고 들었다. 아니나 다를까, 수년 만에 얼굴을 맞댄 에리스의 겉모습에는 전혀 변화가 없었다. 20대 초반의 아름다운 모습 그대로였다.

15세인 라피니아, 레오네와 비교하면 조금 더 어른스러운 분위기. 나이보다 조금 더 어른스러운 잉그리스와는 동년배로 보였다.

"오랜만이에요!"

"안녕하세요!"

라피니아와 레오네도 꾸벅 인사했다.

리플은 잉그리스 일행을 향해 싱글벙글 애교가 묻어나는 미소를 지어 보였다.

"소문 들었어! 얼마 전에 하이랜드와 거래를 하다가 사건이 터졌다는 이야기! 다들 대활약이었다면서? 원래는 우리가 해야 했던 일인데, 대신 해결해 줘서 고마워!"

"나도 감사하고 있어."

"아뇨. 다른 임무로 자리를 비우고 계셨으니 어쩔 수 없죠. 오히려 두 분이 부재중이라서 일어난 사건일지도 모르고요."

만약 하이랄 메나스나 성기사 라파엘이 자리를 지키고 있었더라면…….

아르시아 재상의 부하 기사들이 섣부른 행동을 벌이지는 않았을 것이다.

특사 뮤테는 자제심을 발휘해 마인 포식자를 풀어놓지 않았을 수도 있다.

혈철쇄 여단 또한 경계해서 현장에 나타나지 않았을지도 모른다.

즉, 이런 사태가 벌어지지 않았을 수도 있었다.

"덕분에 실전 경험을 쌓을 수 있었으니 저는 감사하고 있어요."

"우와. 성격은 여전하구나, 너. 호전적인 성격이 어디 안 갔어."

에리스의 감상에 잉그리스는 귀여운 미소로 대답했다.

"네. 오랜만에 만난 기념으로 맞붙어 보시지 않을래요? 또 대련해 봐요."

"싫어! 이런 곳에서 싸우긴 뭘 싸워! 이상한 사람 취급받는단 말이야!"

"하하핫. 듬직하니 좋은걸!"

리플이 말을 마친 바로 그때.

잉그리스가 갑자기 오른손을 치켜들더니 뭔가를 움켜쥐었다.

덥석!

잉그리스의 손에는 흉흉한 빛을 발하는 두꺼운 칼날이 쥐어져 있었다.

정수리 뒤쪽에서 느닷없이 날아온 공격을 막아낸 것이다.

사각을 노린 공격이었지만 잉그리스의 기척 감지를 피하지는 못했다.

곧바로 이어서 쿠웅, 하고 커다란 소리가 났다. 무언가가 바닥에 착지하는 소리였다.

즉, 높은 곳에서 뛰어내리며 공격해 왔다는 뜻이었다.

""뭐야?!""

"가, 갑자기 무슨?!"

"어, 어떻게 된 거야, 크리스?!"

잉그리스를 제외한 모든 이들이 놀라서 소리쳤다.

"마침 누가 싸움을 걸어주길 바라던 참이었는데, 감사합니다."

잉그리스는 그렇게 말하며 습격자를 돌아보았다.

머리부터 발끝까지 이질적인 존재였다.

파랗고 거무죽죽한 피부에 짐승의 귀와 꼬리를 지닌 거인으로, 신장은 잉그리스의 두 배쯤 되어 보였다.

더구나 신체 곳곳에는 푸른색 보석이 박혀 있었다. 마석수임을 나타내는 전형적인 특징이었다. 몸은 서리로 뒤덮여 냉기가 스멀스멀 피어오르고 있었다.

상당히 강력한 얼음 속성을 지니고 있을 것으로 짐작되었다.

각 손에는 칼날이 두꺼운, 마치 도끼 같은 검을 움켜쥐고 있었다.

"어라? 라파 오라버니가 아니었네."

잉그리스가 말했다. 라파엘이 뒤늦게 온 줄 알았건만, 생판 모르는 마석수가 나타나 버린 것이다.

심지어는 짐승의 귀와 꼬리가 달려있다 뿐이지 인간형 마석수였다.

"무슨 소리야! 오라버니가 우리를 왜 습격하겠어!"

"나하고 한번 붙어보려는 줄 알았지."

잉그리스가 라피니아를 바라보며 대답했다.

바로 그 순간, 마석수가 잉그리스의 사각에서 검을 내리쳤다.

하지만 잉그리스는 그쪽을 쳐다보지도 않고 태연하게 검을 막아냈다.

잉그리스는 그대로 검을 바짝 잡아당기더니, 마석수의 팔을 붙잡아 움직임을 구속했다.

"그럴 리가 없잖아~! 그나저나 대체 뭐야, 이건? 인간형 마석수잖아!"

"그렇다면 하이랜더……?!"

라피니아도 레오네도 놀란 눈치였다.

지상에서는 프리즘 플로가 내리면 온갖 생물들이 마석수로 변해 사람들을 덮친다.

물론, 평범한 인간은 프리즘 플로를 맞아도 마석수가 되지 않지만, 하이랜더는 달랐다.

잉그리스는 이미 마석수로 변해버린 하이랜더를 여러 차례 목격했다.

하지만 그것도 이곳에 인간형 마석수가 나타난 이유를 설명해 주지는 못했다. 이는 명백한 이상 사태였다.

애초에 프리즘 플로가 내리지도 않았다.

"아니, 하이랜더가 아니야. 수인종 마석수야. 수인종한테는 프리즘 플로가 영향을 끼치거든. 나는 하이랄 메나스라서 예외지만."

리플은 강아지 귀와 꼬리가 달린 수인종이다.

하이랄 메나스가 어떻게 탄생하는지는 불명이지만, 리플에게서는 수인종에 대한 동족 의식이 엿보였다.

눈앞에 나타난 마석수를 쳐다보는 그녀의 눈에는 슬픔과 동정심이 서려 있었다.

"또 나타났네. 어쨌든 내버려 둘 수는 없겠어."

에리스가 심각한 표정으로 말했다.

"또라뇨? 두 분은 뭔가 알고 계신 건가요?"

"우리가 왕도에 도착했을 즈음부터였나. 갑자기 어디선가 마석수가 나타나서 습격해 오기 시작했어."

"원인은 모르지만. 한두 번 있는 일이 아니야."

"어쨌든 마석수가 출몰한 이상 처치해야지. 그게 우리들의 사명이니까."

리플이 말했다. 그런데 리플의 표정이 영 시원치 않았다. 얼굴도 붉게 상기되어 있었다.

마치 감기라도 걸린 것처럼 상태가 나빠 보였다.

하이랄 메나스가 감기에 걸리는지는 의문이지만.

"리플 씨, 괜찮으신가요? 몸이 안 좋아 보이는데."

"으, 응. 괜찮아. 금방 나아질 거야."

"최근에 갑자기 나타나기 시작한 마석수가 모습을 드러내면 저렇더라. 이유는 잘 모르겠지만."

에리스가 그렇게 덧붙였다.

"이걸 쓰러트리면 괜찮아지나요?"

"응. 지금까지는 원래대로 돌아왔어."

"알겠습니다. 그럼……."

잉그리스는 제압하고 있던 마석수를 강하게 밀어버렸다.

거구를 자랑하는 수인종 마석수가 제대로 저항도 못 해보고 뒤로 자빠졌다.

"힘이 엄청나구나, 잉그리스……!"

"괴력 좀 봐. 저렇게 가냘프게 생긴 애가."

두 사람이 한마디씩 하는 사이, 잉그리스는 에테르를 마나로
변환시켰다.

그리고 변환된 마나를 조작해 얼음의 검을 만들어 냈다.

"제가 쓰러트릴게요. 잠시 기다려 주세요."

잉그리스는 대수롭지 않은 투로 말한 뒤, 푸른 칼끝을 마석수
에게 향했다.

"하앗!"

앞으로 파고든 잉그리스가 얼음의 칼로 마석수의 두꺼운 가슴
팍에 찌르기를 구사했다.

무시무시한 속도였다. 마석수는 걸음을 뗄 겨를도 없이 잉그리
스의 공격을 모조리 받았다.

카아앙!

맑고 날카로운 소리가 울려 퍼지고, 마석수의 상체가 뒤로 크
게 젖혀졌다.

검의 위력에 못 이겨 밀려난 것이다. 하지만 정작 얼음의 검은
마석수를 꿰뚫지 못한 채 끝이 살짝 부러져 버렸다. 검에 베인 마
석수의 가슴팍도 아주 얕은 상처가 남아있을 뿐, 멀쩡했다.

잉그리스의 실력이라면 마석수를 관통했어도 이상하지 않은
공격이었다. 그러나 이 마석수에게는 통하지 않았다.

"크리스! 속성이 문제야, 속성!"

이 마석수의 보석은 파란색.

즉, 얼음 속성 마나에 대한 내성을 갖추고 있다는 뜻이었다.

붉은색은 화염, 초록색은 바람의 마인무구에 내성이 있었다.

보석의 색이 다양한 마석수는 그만큼 다양한 내성을 갖추고 있다. 주로 상위 개체 마석수가 그러했다.

그래서 기사단이 마석수를 토벌할 때는 가능한 모든 속성이 고르게 모이도록 편성한 후, 마석수의 내성을 피해 공격하는 것이 기본이었다.

다만, 라피니아가 가진 빛의 속성과 레오네가 가진 어둠의 속성은 다른 속성들과 달리 가진 사람이 희소했고, 이 두 속성에 내성을 가진 마석수도 매우 드물었다.

따라서 두 사람은 성기사 다음가는 자질을 지녔다고 할 수 있었다.

잉그리스가 내지른 얼음의 검은 마인무구가 아니지만 마나로 만든 얼음이었기에, 마석수의 내성을 뚫지 못하고 상쇄되어 위력을 발휘하지 못한 것이었다.

"알고 있어."

하지만 잉그리스도 그 정도는 알고 있었다. '일부러 똑같은 속성으로 공격해 보면 어떻게 될까?' 하는 호기심이 앞서고 있었을 뿐이었다.

속성이 같으면 공격이 전혀 통하지 않는 걸까?

아니면 위력이 크게 줄어들 뿐 약간은 통하는 걸까?

결과적으로 약간이기는 해도 마석수의 몸에 상처가 생겼다. 즉, 후자였다.

"알고 있으면 다른 속성으로 공격하는 편이⋯⋯."

"아니야. 봐봐. 조금이지만 베었어."

다시 말해서.

"⋯⋯계속 공격하면 언젠가는 쓰러트릴 수 있어!"

잉그리스는 마석수의 작은 상처를 집중적으로 노려 연속 공격을 펼쳤다.

공격 속도나 어찌나 빠른지, 다른 사람의 눈에는 팔과 검이 여러 개로 늘어난 것처럼 보일 정도였다.

까가가가가가가앙!

바위를 억지로 파내는 듯한 소리가 울려 퍼졌다.

얼음의 검이 마석수의 가슴팍 한군데를 정확하게 후벼파 나갔다. 가슴의 상처가 눈 깜짝할 사이에 깊어져 갔다.

"오오⋯⋯! 제법인걸, 잉그리스⋯⋯!"

"아직도 전력을 내지 않고 있어, 저 애. 처음 봤을 때보다 실력이 늘었네."

두 하이랄 메나스가 잉그리스를 바라보며 그렇게 말했다.

"하아아앗!"

앞으로 성큼 파고들며 내지른 마지막 찌르기가 마석수의 상반신을 꿰뚫었다. 등 뒤쪽으로 얼음의 칼이 삐져나왔다.

힘을 잃어버린 거구의 마석수가 커다란 소리를 내며 바닥에 쓰러졌다.

순식간에 승부가 나고 말았다.

"크리스도 참……. 파워와 스피드로 밀어붙였을 뿐이잖아."

"마석수와의 상성을 완전히 무시했어. 같은 속성은 피하는 게 정석인데……."

"상대의 강점을 최대한 살리는 게 중요해. 그래야 싸울 맛이 나거든."

어떤 싸움일지라도 성장을 위한 밑거름으로 삼고 싶었다.

상대가 충분한 힘을 발휘하게 만든 뒤에 이기는 것이야말로 가장 좋은 훈련이었다.

"크리스답네……. 뭐, 나는 평범하게 다른 속성으로 쓰러트릴 거지만."

"나도 라피니아 말에 찬성이야."

"쩝, 이만한 훈련도 없는데."

아무래도 두 사람은 잉그리스의 의견에 공감하지 못하는 모양이었다.

"……마석수는 더 없는 것 같네."

"고마워, 잉그리스. 도와줘서."

"아뇨. 좋은 운동이 되었어요. 그보다 리플 씨, 몸 상태는 괜찮으신가요?"

"응. 조금씩 나아지기 시작했어. 걱정하지 마."

아직 안색이 안 좋아 보였지만, 리플은 손바닥을 절레절레 휘저으며 말했다.

"그렇군요. 그런데 저 마석수는 어디에서 나타난 걸까요……."

잉그리스는 위쪽을 올려다보았지만, 그곳에는 파란 하늘이 펼쳐져 있을 뿐이었다.

이상한 점이라고는 눈을 씻고 쳐다봐도 없었다.

"하늘에서 난데없이 떨어져 내렸지?"

"응. 깜짝 놀랐어."

라피니아와 레오네도 하늘을 올려다보았다.

"수인종 마석수는 좀처럼 없어. 지금은 수인종 자체가 거의 없거든. 역시 나하고 뭔가 관계가 있는 걸까……?"

"속단은 금물이야, 리플. 자세히 알아봐 달라고 의뢰해 봐야겠어. 하이랜드에서 새로운 특사가 찾아오길 기다려 보자."

"그래, 알았어."

"그런데 에리스 씨와 리플 씨가 왜 이곳에 계신 건가요? 저희는 라파 오라버니와 만날 예정이었는데."

라피니아가 물었다. 당연한 의문이었다.

"참. 실은, 라파엘이 급한 임무로 못 오게 됐거든."

"그래서 우리가 대신 옷값을 받아왔어. 며칠 후의 특사 취임식 파티에서 입을 드레스를 사려는 거지? 자, 여기."

리플이 라피니아에게 금화가 담긴 가죽 봉투를 건넸다.

"와! 고맙습니다!"

"직접 가져다주실 건 없는데. 죄송해요."

"하이랄 메나스한테 심부름을 시켜버렸어⋯⋯."

"괜찮아, 괜찮아. 우리가 자진해서 갖다주겠다고 부탁한 거니까. 그 대신 우리도 쇼핑에 끼워주는 거다?"

"뭐? 잠깐만, 리플. 용건이 끝나면 바로 돌아가는 거 아니었어?"

"뭐 어때! 숨 돌리기야, 숨 돌리기. 요즘 프리즈마의 사체를 옮기느라 여유가 없었잖아. 가끔은 여자답게 쇼핑도 좀 하고 그래야지. 잉그리스라면 딱히 곤란할 것도 없고. 안 그래?"

"아직 몸도 안 좋잖아? 놀지 말고 쉬어야지."

"나한테는 노는 게 쉬는 거네요! 쇼핑하다 보면 저절로 나을 거야."

"무슨 소린지 원."

에리스가 후우, 하고 한숨을 내쉬었다.

"⋯⋯리플 씨는 왠지 라니를 닮지 않았어? 나도 항상 저렇게 휘둘려 다니잖아."

"뭐어? 나야말로 크리스한테 매일 휘둘려 다니는 신세거든?"

"잉그리스는 뭘 하든 화려하게 저지르고 보니까⋯⋯."

"리플이 라피니아면 내가 잉그리스? 됐어. 나는 너처럼 전투광이 아니거든."

"아하하. 하긴, 에리스는 잉그리스처럼 기운이 펄펄 넘치진 않지."

잉그리스의 의견에 동의해 주는 사람은 아무도 없었다.

어쨌든 그리하여 잉그리스 일행은 두 하이랄 메나스와 함께 옷을 맞추러 가기로 했다.

◆ ◇ ◆

그로부터 며칠 뒤. 기사 아카데미의 여자 기숙사.

똑똑, 똑똑.

잉그리스와 라피니아가 머무는 기숙사 방문에서 노크 소리가 났다.

들어오세요, 하고 대답하자 레오네가 문을 열고 들어왔다.

이미 준비가 다 끝났는지 레오네는 청자색의 드레스 차림을 하고 있었다.

"잉그리스, 라피니아! 시간 다 됐어. 아직이야?"

"쉿, 조용히! 집중이 흐트러진단 말이야……!"

라피니아가 진지한 표정으로 레오네를 쳐다보지도 않고 말했다.

라피니아도 이미 노란색의 드레스를 입고 준비를 마친 상태였다.

"미안해, 레오네. 라니는 집중하면 무서워지거든. 그나저나 드레스가 잘 어울리네. 귀여워."

"후후…… 고마워. 그래도 잉그리스한테는 못 당하겠는걸."

잉그리스도 채비가 거의 끝났는지 선명한 붉은색의 드레스를 두르고 있었다.

지금은 마무리 작업으로 라피니아가 잉그리스의 머리카락을 묶어 올리고 있었다.

잉그리스를 아름답게 꾸며주는 것은 라피니아의 취미이기도 했다.

고향 유미르에서 지내던 시절, 라피니아는 잉그리스와 사이좋게 의류점을 방문하고는 했다. 그곳의 여주인과도 어울리면서 자연스럽게 이러한 기술을 익히게 되었다.

"그래? 하지만 레오네가 귀엽다는 사실에는 변함이 없는걸."

"그렇게 말해주니 자신감이 생기는 것 같아."

"……좋아, 다 됐다! 크리스, 일어나서 한 바퀴 돌아볼래?"

"응."

잉그리스가 빙글 회전하자 드레스 자락이 두둥실 떠올랐다.

묶어 올린 머리카락의 장식도 빛을 반사해 반짝거렸다.

"엄청 예쁘다. 남자가 아니라도 반하겠어."

"이래서 내가 크리스한테 옷 입혀주는 걸 못 끊는다니까~. 최고의 모델이야."

"라니, 이제 거울을 봐도 될까?"

"응. 그렇게 해."

잉그리스는 방의 입구 쪽 벽면에 놓인 전신 거울 앞으로 다가갔다.

왕도에 있는 옷가게에서 산 드레스는 한층 부드러운 광택을 지닌 고급스러운 원단을 사용한 듯했다. 곳곳에 세밀한 자수까지 정성껏 새겨 넣은 의상이었다.

붉은 드레스에 라피니아가 세팅해 준 올림머리가 더해지자, 평소에도 절세의 미녀라 불리던 잉그리스의 미모가 한층 더 빛을 발했다.

드레스 사이로 엿보이는 새하얀 피부는 무엇보다도 훌륭한 보석이나 다름없었다.

"오오……! 굉장해. 엄청 마음에 들어……!"

여러 각도에서 바라보고 싶은 마음에 전신 거울 앞에서 다양한 포즈를 취하는 잉그리스.

포즈를 취할 때마다 감탄사밖에 나오지 않았다.

잉그리스 본인이 보기에도 용케 이렇게 아름다워졌구나 싶었다.

"후훗……. 후후후훗♪"

"음음. 자기 모습에 푹 빠진 크리스는 귀엽다니까."

"나도 잉그리스의 이런 점이 좋아. 사람이 너무 완벽하면 다가가기 힘들잖아."

레오네가 미소를 지으며 말했다. 그런데 그때.

꼬르륵!

꼬르륵!

잉그리스와 라피니아의 배가 동시에 큰 소리로 울었다.

"……배고프다."

"그러게. 파티에서 본전을 뽑으려고 아무것도 안 먹었더니 배가 등에 붙겠다."

라피니아의 제안으로 오늘 두 사람은 계속 끼니를 굶고 있었다.

"어휴, 못 말려! 이러면 다른 의미로 다가가기 힘들어지잖아. 나까지 꼬르륵 소리가 났다고 오해를 받으면 어떡해."

"……상스러워 보여?"

"당연하지. 특히 잉그리스처럼 예쁜 여자애가 꼬르륵 소리라도 냈다가는 다들 엄청나게 놀랄걸?"

"역시 뭐라도 좀 먹고 올 걸 그랬나……."

"이제 그럴 시간도 없어, 크리스. 얼른 파티장으로 가서 아무거나 먹으면 괜찮을 거야. 자, 출발하자. 맛있는 요리가 우리를 기다리고 있어!"

"……그러자. 서두르는 자에게 복이 올지도 모르니까."

"교장 선생님이 기다리고 계셔. 빨리 가자."

기숙사를 나온 세 사람은 안뜰에서 대기하고 있던 밀리에라 교장과 합류했다.

그녀도 오늘 파티의 참가자였다. 고맙게도 세 사람을 인솔해 주기로 했다.

밀리에라 교장이 부른 마차도 일찌감치 도착해 있었다.

"와아~! 굉장히 잘 어울리네요, 여러분! 엄청 예뻐요!"

"""감사합니다."""

"자, 얼른 마차에 타세요. 왕성으로 이동할게요."

네 사람이 탑승하자 곧 마차가 출발했다.

마차에 타고 있던 라피니아가 밀리에라 교장에게 물었다.

"교장 선생님은 드레스를 안 입으세요?"

그러고 보니 밀리에라 교장은 평상시의 교직원용 로브 차림이었다.

"네. 오늘은 교장으로서 교섭을 걸 생각이거든요."

"무슨 교섭을 하시려고요?"

레오네가 고개를 갸웃했다.

"당연히 아직 하사받은 적이 없는 신형 장비죠. 오늘은 새로운 특사님께 직접 요청을 드릴 좋은 기회거든요. 예를 들면 그 전함! 탐나지 않나요? 탐나죠? 그렇죠?"

밀리에라 교장이 눈을 반짝였다.

"나쁘지 않네요. 저는 최신형 대인살상병기가 탐나요. 달라고 부탁해 주실 수 없을까요? 꼭 싸워보고 싶어요."

"아, 아무래도 그런 흉흉한 물건은 좀……. 그리고 싸워서 망가트릴 생각이잖아요! 어렵게 받은 물건을 부수지 말아주세요."

곧바로 각하 당했다.

"하지만 교장 선생님, 과연 그런 부탁을 들어주기는 할까요?"

"나도 레오네의 말에 동의. 또 문테 특사 같은 하이랜더라도 왔다가는……."

"혹시 미인계라면 통할지도 몰라."

"……오히려 너무 잘 통할까 무섭다, 그거. 나는 절대로 사양이야."

라피니아와 레오네가 속닥속닥 대화를 나누었다.

"뭐, 오늘 오시는 분은 이야기가 통하는 분이세요. 사실 저는 그분과 면식이 있거든요."

"그럼 혹시 지상에서 시찰한 적이 있는 분인가요?"

"그렇기도 하지만 굳이 말하자면 반대네요. 하이랜드에 유학 갔을 당시에 신세를 졌던 분이거든요. 좋은 분이세요. 하이랜더 치고는 보기 드문……이라고 말해야 한다는 현실이 슬플 따름이에요."

"오오……. 하이랜드로도 유학할 수가 있어요?"

라피니아가 흥미롭다는 듯이 물었다.

"상당히 특수한 경우기는 하지만요. 예전에 웨인 왕자께서 하이랜드로 유학을 떠나실 때 호위를 겸해서 함께 갔어요. 저도 일단은 특급 마인 소유자니까요. 실력을 인정받은 셈이죠."

"교장 선생님은 웨인 왕자님하고 친한 사이셨군요! 굉장하다!"

"후훗. 그 정도는 아니에요. 뭐, 어릴 때부터 알던 사이랄까요?"

"그럼 교장 선생님뿐만 아니라 웨인 왕자님과도 친분이 있는 하이랜더가 특사가 되었다는 말이네요."

"네. 이 인맥을 최대한 이용해서 지금까지 받지 못했던 장비를 받아내 보겠어요!"

"하긴, 혈철쇄 여단도 전함을 보유하고 있으니 저희도 뭔가 필요하기는 하겠네요."

"맞아요. 확실히 우려할 만한 사태지만, 새로운 장비를 요청할 명분으로는 오히려 제격이죠. 혈철쇄 여단의 수령인 흑가면이 누군지는 몰라도 용케 그런 물건을 손에 넣었네요."

"하이랜더 측에 협력자가 있는 걸까요?"

"그럴지도 모르겠군요. 어쩌면 흑가면 본인이 하이랜더일 수도……."

"아, 그렇네요. 그럴 가능성도 있겠어요."

"……난 흑가면의 정체가 레온 오라버니일 가능성도 있다고 생각해. 나를 구해줬는걸."

"전부 가능성뿐인가……. 그건 결국 아무것도 모른다는 소리 잖아?"

"라니 말대로야. 하지만 한 가지는 확실해."

"뭔데?"

"그 사람은 상당히 강해. 다음에 만났을 때는 꼭 제대로 싸워보고 싶다. 그 가면을 벗기면 입막음을 위해서 진심으로 덤비지 않으려나."

"하하……. 정체를 알아내거나 목적을 캐내기 위해서가 아니라, 도발하려고 가면을 벗기겠다고? 잉그리스다워!"

"도, 동기야 어찌 됐든 결과적으로 혈철쇄 여단을 이끄는 수령의 정체를 밝혀내고, 붙잡을 수만 있다면야 나라로서는 바라던 바겠죠. 그러니 다음에 만나면 있는 힘껏 쓰러트려 버리세요. 제가 허락하겠어요."

"고맙습니다. 그 과정에서 무슨 일이 있어도 교장 선생님께서 책임져 주시겠다는 뜻이죠?"

"······그 말을 들으니 갑자기 무서워지기 시작했어요. 뭘 하려고 그래요, 대체 뭘······."

그렇게 대화를 나누는 와중에도 잉그리스 일행이 타고 있는 마차는 왕성을 향해 꾸준히 나아가고 있었다.

마차가 회장에 도착하자, 다양한 색의 조명으로 얼룩진 한밤중의 왕성이 잉그리스 일행을 맞이했다.

어떻게 저토록 다채로운 색을 낼 수 있는 것일까.

연주자들의 음악 소리까지 더해져 어딘가 환상적인 분위기를 자아내고 있었다.

"와아. 예쁘다."

레오네가 마차 바깥을 바라보며 환하게 웃었다.

라피니아도 흥분을 감추지 못하고 눈을 반짝였다.

"멋지다! 역시 왕도는 다르구나. 엄청나게 공들인 티가 나! 안 그래, 크리스?"

"응. 그렇네."

"이 정도면 요리도 기대해 볼 만하겠는걸? 분명히 맛있을 거야."

"나도 기대돼."

"도착했군요. 그럼 내릴까요, 여러분."

"좋았어! 빨리 가자, 크리스! 배가 고파서 못 견디겠어!"

맨 처음으로 마차에서 뛰어내린 라피니아가 참지 못하고 달려나가려 했다.

"앗, 라니. 그 차림으로 달렸다가는 넘어질걸?"

"꺄악?!"

현재 라피니아는 드레스를 차림인 데다 익숙하지 않은 굽 높은 신발까지 신고 있었다.

　결국, 생각 없이 달려가던 라피니아는 얼마 못 가 넘어지고 말았다.

　"라니도 참. 말한 지 얼마나 됐다고. 팬티 보인다. 빨리 가려."

　잉그리스는 라피니아의 뒤집힌 드레스 자락을 원래대로 되돌린 뒤, 그녀를 부축해 일으키려 했다.

　"하하…… 미안, 미안. 고마워, 크리스."

　바로 그때 누군가가 달려오며 외쳤다.

　"라니! 괜찮아?!"

　다름 아닌 라파엘이었다.

　잉그리스 일행이 도착하기만을 기다린 모양이었다.

　라파엘은 잉그리스를 도와 라피니아를 일으켜 주었다.

　"영차……! 상처는 없고? 크리스를 너무 고생시키면 못써."

　"에구구…… 알았어, 오라버니."

　"크리스, 고맙다. 항상 라니를 챙겨주느라 고생이 많지."

　"아뇨. 피차 마찬가지인걸요."

　잉그리스가 미소를 짓자, 라파엘은 살짝 멍한 표정을 지었다.

　마치 넋이라도 나간 사람처럼 보였다.

　"음? 왜 그러세요?"

　"아, 미안. 이렇게 차려입은 모습은 처음 봐서 그만…… 정말 예쁘구나."

　"고맙습니다. 라니가 여러 가지로 도와준 덕분이에요."

잉그리스가 옷을 차려입는 것은 어디까지나 자기만족을 위해서였다. 자신의 모습을 보면서 즐거움을 느끼면 그것으로 충분했다.

따라서 딱히 칭찬을 받고 싶은 욕구는 없었지만, 그렇다고 칭찬을 받아서 기분이 상하거나 하지는 않았다.

"그렇지?! 그렇지?! 내 야심작이야!"

"그래. 라니는 이쪽에 재능이 있는 걸지도 모르겠는걸."

오히려 라피니아가 더 기뻐 보였다.

라피니아가 기쁘면 잉그리스도 기뻤다.

"그리고, 저기……. 린도 데려와 준 모양이구나."

라파엘이 말했다. 잉그리스는 라파엘로부터 린을 데려와 달라고 사전에 부탁을 받았다.

어째서 린을 데려와 달라는 것인지는 의문이었지만, 어쨌든 린은 현재 잉그리스의 가슴골에서 고개를 내밀고 바깥의 모습을 살피는 중이었다.

"앗, 오라버니. 지금 크리스의 가슴을 봤지? 안 그럼 린이 있는지 없는지 모를 테니까."

"미…… 미안! 나도 모르게, 그, 어디에 있나 하고 찾아보다가……!"

여성에게 자꾸만 눈이 가버리는 것은 남성의 본능이자 불가항력이다.

전생에서 남자로 살아본 잉그리스였기에 이해하지 못할 것도 없었다.

그러한 시선을 받아서 기분이 좋은가를 따지자면 이야기는 별 개지만.

라파엘은 죄책감 탓인지 귀까지 새빨갛게 물들어 있었다. 그 순진한 모습을 본 잉그리스는 도리어 감탄했다.

라파엘이 왕도에 온 지도 벌써 몇 년이 지났다. 어른이 되고도 어릴 적의 순수함이 고스란히 남아있는 모양이었다. 괜히 흐뭇한 기분이 들었다.

"그런데 라파 오라버니. 린은 왜 데려오라고 하신 건가요?"

"아, 세오도어 님…… 신임 특사님의 부탁이라는 모양이야."

"하이랜드의 특사가……?"

"뭐어?! 그런 사람의 눈에 들다니. 린, 괜찮으려나."

"괜찮을 거야. 너희한테서 노바 마을에 관한 이야기를 들었을 때, 나는 곧바로 웨인 왕자에게 보고했거든. 하지만 왕자는 뮨테 특사에게 린에 대해서 일언반구도 하지 않았어. 하지만 이번 세 오도어 특사에게는 솔직하게 털어놓았지. 즉, 상대가 믿을 만하 다고 판단했다는……."

꼬르륵!

꼬르륵!

잉그리스와 라피니아의 배가 동시에 크나큰 소리로 울었다.

"우왓?! 괘, 괜찮니, 너희들?"

"배가 고파서……. 아침부터 아무것도 안 먹었거든."

"저도요. 여기서 맛있는 음식을 잔뜩 먹을 수 있다길래……."

"그, 그거 큰일인걸……. 그럼 이야기는 뒤로 미루고 먼저 식당으로 안내할까?"

"부탁드릴게요!"

"부탁해, 오라버니!"

잉그리스와 라피니아는 눈을 반짝였다.

"하하……. 어지간히도 배가 고팠던 모양이구나."

"라파엘 님, 저도 꼭 부탁드릴게요. 얘네들의 꼬르륵 소리 때문에 같이 있는 제가 다 부끄러워요."

"그러게요. 일단 뭐라도 먹이는 편이 좋겠어요."

레오네와 밀리에라 교장도 곤란한 표정을 지어 보였다.

"그럼 얼른 가자. 이쪽이야."

라파엘의 뒤를 쫓아 왕성으로 들어선 잉그리스 일행은 빠른 걸음으로 성채 안을 가로질렀다.

잉그리스는 그저 지나가는 것만으로도 파티 참가자들의 시선을 끌어모았다.

"우와……! 지금 봤어? 저 애, 엄청나게 예쁜걸……."

"내 말이. 저렇게 귀여운 아이는 본 적이 없어. 라파엘 님의 지인인가?"

"인형처럼 흠잡을 데가 없어……! 여자인 나도 빠져버릴 것만 같아."

"같이 있는 아이들도 귀여운걸. 밀리에라 교장과 함께 있는 걸 보니, 기사 아카데미의 학생들일지도 모르겠군."

주변에서 이런저런 목소리가 들려오던 그때였다.

꼬르륵!

"?! 뭐, 뭐지……?!"

"배에서 난 소린가……?"

"나, 난 아니야. 저 애들 중 한 명인가?"

"하하하……. 미안하게 됐어. 바빠서 식사할 겨를이 없었거든."

라파엘이 자신을 희생해 주변을 수습해 주었다.

"우리 오라버니 멋쟁이! 너무 좋아♪"

"고맙습니다, 라파 오라버니."

"아냐, 괜찮아. 자, 이쪽에 식사가 준비되어 있어."

안내를 받아 넓은 회장에 도착하자 몇몇 개의 테이블이 보였다. 테이블 위에는 요리가 담긴 거대한 그릇이 빽빽하게 늘어서 있었다. 맛있는 냄새가 한가득 피어올랐다.

척 봐도 고급스러운 스테이크의 산.

어패류가 듬뿍 들어간 형형색색의 파스타.

디저트인 초콜릿 케이크는 탑처럼 차곡차곡 쌓여있었다.

그 외에도 수많은 음식이 있었고, 전부 굉장히 맛있어 보였다.

굶주린 잉그리스와 라피니아는 군침을 삼켰다. 마치 보물의 산을 눈앞에 둔 것만 같았다.

"야호! 크리스! 얼른 먹자!"

"응……! 맛있어 보이네."

두 사람은 서둘러 육류 요리가 놓인 테이블로 다가갔다. 하지

만 바로 그때,

　우우웅……!

　공간이 일그러질 때 나는 진동음이 들려왔다. 마나의 일렁임도
함께 느껴졌다.

　직후, 위쪽에서 거대한 그림자가 두 사람을 훑고 지나갔다.

　와장창!

　테이블과 접시, 그 위에 놓여있던 요리들이 사방으로 날아갔다.

　위쪽에서 거대한 무언가가 뛰어내려 테이블을 엉망으로 만들
어 버린 것이다.

　"뭣……?! 마석수?! 왜 이런 곳에!"

　레오네가 외쳤다.

　짐승의 귀와 꼬리를 가진 인간 형태의 마석수였다.

　얼마 전에 보았던 수인종 마석수였다.

　이 마석수가 공간을 뚫고 나타나 뛰어내린 것이다. 자리도 하
필이면 테이블 바로 위쪽이었다.

　느닷없는 침입자의 등장에 사람들이 공포와 경악으로 물든 비
명을 내질렀다.

　"아아아아악?! 내 고기가!"

　라피니아는 다른 의미로 비명을 내질렀다.

　오매불망하던 요리가 바닥에 쏟아져 버리고 말았다.

　"으윽……. 먼지를 털어내면 먹을 수 있을 거야, 괜찮을 거야!"

　"그허면 못허, 라히. 떨허힌 음힉을 머그헌 허틱해."

잉그리스가 떨어진 음식을 먹으려는 라니를 말렸다.

입을 열심히 우물거리면서.

"어?! 크리스, 뭘 먹는 거야?!"

"고히. 떠허디기 던에 바하낸 거햐. (고기. 떨어지기 전에 받아낸 거야.)"

고기가 바닥에 쏟아지기 직전, 잉그리스는 공중에서 최대한 많은 고기를 확보해 입에 욱여넣었다.

수행을 위해 걸어놓았던 있던 중력 마법을 해제하고, 심지어는 에테르 셸까지 발동해 전속력으로 움직인 결과였다.

맛있는 요리를 지켜내기 위해서라면 수단 방법을 가릴 이유가 없었다.

"뭐어엇?! 치사해, 크리스만!"

한입 가득 고기를 먹고 있는 잉그리스를 보면서 라피니아가 외쳤다.

"갠한아. 라히가 머글 것호 있허. (괜찮아. 라니가 먹을 것도 있어.)"

잉그리스는 고기가 겹겹이 꽂힌 포크를 라니의 입으로 가져갔다.

"억히 크힛흐아! 멀 홈 아흔걸! (역시 크리스야! 뭘 좀 아는걸!)"

손바닥 뒤집듯 기뻐하는 라피니아.

한편 잉그리스의 입에는 이제 아무것도 없었다.

아직 배가 고팠지만, 잉그리스에게 라피니아는 귀여운 손녀딸 같은 존재였다.

손녀에게 먹을 것을 나눠주지 않는 할아버지, 할머니가 세상 어디에 있단 말인가.

"아직 멀쩡한 테이블도 있어. 우리들의 요리를 지키자."

"알하허! (알았어!)"

"어휴. 요리보다 말려든 사람들부터 구해야지. 우리는 나라와 사람들을 지키는 기사잖아."

성실한 레오네다운 한마디였다.

"뭐, 결과적으로는 그게 그거니까."

잉그리스가 뒤를 돌아보며 레오네에게 대꾸했다.

그아아아아!

바로 그 순간, 수인종 마석수가 잉그리스를 향해 돌진해 왔다.

"잉그리스! 뒤에!"

"알아."

마석수의 기척은 당연히 파악하고 있었다. 뒤를 돌아봐도 괜찮으니 뒤를 돌아보았을 뿐이다.

잉그리스는 마석수를 향해 검지를 뻗었다.

하얀 손가락 끝에서는 어느샌가 푸르스름한 에테르가 빛을 발하고 있었다.

손끝에서 가느다란 에테르 광선을 발사하는 에테르 피어스의 전조였다.

잉그리스는 마석수의 이마를 조준했다. 빗나갈 일은 없다.

"에테르 피어……."

하지만 잉그리스가 빛을 발사하기 직전, 누군가가 마석수와 잉그리스 사이로 끼어들어 왔다.

"크리스, 물러나!"

라파엘이었다.

마지막으로 라파엘을 봤을 때는 꽤 멀리 떨어져 있었다.

실로 놀라운 속도였다.

"오……!"

그야말로 섬광 같은 움직임이었다. 돌풍이라 표현해도 좋았다.

다만, 미처 예상하지 못한 나머지 하마터면 라파엘에게 에테르 피어스를 쏴버릴 뻔했다.

잉그리스는 아슬아슬하게 손가락을 거두었다.

"라니와 크리스를 상처 입히게 놔둘까 보냐!"

라파엘은 허리에 용의 문양이 새겨진 장검을 차고 있었다. 그의 마인무구였다.

라파엘이 검을 뽑아내자, 붉은 보석처럼 반투명한 재질의 칼날이 모습을 드러냈다.

희미하게 발광하고 있는 아름다운 검이었다.

하지만 무엇보다 훌륭한 것은 라파엘이 그 마인무구로 펼쳐 보인 공격이었다.

붉은 섬광을 종횡무진 흩뿌리는가 싶더니, 마석수의 커다란 몸이 순식간에 잘려 나갔다.

"오오……! 대단해."

무기의 성능도 뛰어나지만, 그 이상으로 무시무시한 힘과 속도, 기술이 뛰어났다.

기량만 놓고 본다면 처음 맞붙었을 무렵의 레온조차도 웃돌았다.

하이랄 메나스인 에리스와 시스티아도 한 수 접어야 할 정도였다.

실로 대단했다. 잘도 이 정도까지 실력을 키웠구나 싶었다.

소년이던 시절의 라파엘에게서 보았던 눈부신 재능이 썩지 않고 연마되어 온 결과였다.

그의 성실함과 책임감도 물론 크게 작용했겠지만, 빌포드 후작과 이모 이리나의 교육이 일궈낸 산물이기도 했다.

그 모든 요소가 한데 모여 지금 엄청난 기량을 뽐내는 성기사 라파엘을 만들었다.

감회가 느껴지는 대목이었다. 잉그리스의 몸이 자기도 모르게 떨려왔다.

물론, 흥분 때문이었다. 꼭 싸워보고 싶었다. 꼭 한번 대련해보고 싶었다.

"역시 우리 오라버니! 저렇게 보이지도 않을 만큼 빠른 사람은 크리스 정도밖에 없을걸!"

"라파 오라버니, 특히 다섯 번째의 내려 베기와 일곱 번째의 찌르기가 훌륭했어요. 아름다운 움직임이던걸요."

"잉그리스, 방금 공격이 전부 보인 거야?!"

"응. 총 스물한 번 공격했어."

"그렇게나?! 라피니아, 너도 봤어⋯⋯?"

"나도 처음 두세 번까지밖에⋯⋯."

"그렇지? 다행이다. 내가 이상한 게 아니었구나."

라피니아와 레오네가 서로 귓속말을 나누었다.

"하하하. 역시 크리스한테는 못 당하겠는걸. 도와주지 않아도 됐으려나? 나도 모르게 몸이 움직여 버려서⋯⋯ 미안."

"아뇨. 덕분에 좋은 구경을 했어요. 나중에 꼭 대련을 부탁드릴게요. 전력으로."

"아, 아니, 그건 좀. 실수로라도 다치면 큰일이라서⋯⋯. 뭐, 수행 정도라면 언제든지 어울려 줄게."

라파엘은 애매한 미소를 지어 보였다.

어떻게 하면 라파엘이 진심으로 싸워줄까. 고민해 볼 필요가 있어 보였다.

"라파엘 씨. 여기는 이 아이들에게 맡기고 웨인 왕자와 세오도어 특사가 있는 곳으로 가주세요. 그분들한테 무슨 일이라도 생기면 돌이킬 수 없는 사태로 치달을 거예요."

밀리에라 교장이 라파엘에게 부탁했다.

잉그리스의 눈앞에 나타난 마석수는 라파엘이 해치웠지만, 아직 이 회장에는 여러 마석수가 남아있었다. 어쩌면 계속해서 더 늘어날지도 몰랐다.

하지만 왕자와 특사의 안전을 확보하는 것이 급선무였다.

물론 이곳을 내버려 둘 수도 없는 노릇이므로, 밀리에라 교장의 말대로 인원을 나누는 편이 좋아 보였다.

"……알겠습니다. 여기는 맡기도록 하죠! 라니, 크리스, 레오네. 뒤를 부탁해!"

"응, 오라버니!"

"알겠습니다."

"맡겨 주세요!"

세 사람의 대답을 들은 라파엘은 발걸음을 돌려 회장을 뛰쳐나갔다.

이윽고 마석수들이 남아있는 잉그리스 일행을 포위하기 시작했다.

"기껏 드레스까지 맞춰 입었는데 결국 또 이렇게 되네!"

라피니아가 마인무구인 빛의 활의 시위를 당기며 불평을 늘어놓았다.

"내 말이. 오늘 하루만이라도 즐기게 놔두면 어디 덧나나……!"

레오네가 라피니아의 말에 동의를 표했다.

두 사람의 무기는 밀리에라 교장이 맡고 있었는데, 전투가 시작되자 어디선가 꺼내어 돌려주었다.

아마도 마법이나 마인무구의 능력을 사용했을 것이다.

레오네의 마인무구는 저번에 파괴되고 말았기 때문에 지금 레오네는 새로운 대검을 거머쥐고 있었다.

기사 아카데미에 예비용으로 마련되어 있던 중급 마인무구
였다.

"나는 좋은데? 마석수와 싸우면 즐겁잖아."

"그건 크리스가 특이한 거지. 드레스를 입은 야수니까!"

"후훗. 그러게."

"너무하네. 나도 오늘은 얌전하게 싸울 거야."

모처럼 새로 사 입은 드레스를 더럽히고 싶지는 않았다.

이래 봬도 꽤 마음에 들어 하고 있었다. 앞으로도 두고두고 입
을 생각이었다.

"얌전하게 싸운다고? 어떻게?"

"이렇게."

피슈우우웅!

잉그리스의 손끝에서 에테르 피어스의 푸른 빛이 번쩍였다.

에테르 광선은 잉그리스가 가리킨 대로 정면에 있는 마석수의
미간을 꿰뚫었다.

수인종 마석수는 털썩 쓰러지더니 움찔움찔 경련을 일으켰다.

이제 가서 숨통을 끊기만 하면 된다.

다만, 일격에 절명하지 않은 것으로 봐서는 그럭저럭 강한 마
석수인 듯했다.

"봐봐. 이렇게 싸우면 드레스가 찢어지거나 더러워질 일도 없
잖아?"

피슝, 피슝, 피슝, 피슝!

연속으로 발사된 차례차례 마석수의 미간을 꿰뚫어 나갔다.

마석수들이 털썩, 털썩 쓰러져 갔다. 사실상 무력한 과녁이나 다를 바 없었다.

"어때? 얌전하지?"

"그, 그렇긴 한데……. 담담히 쓰러트리니까 오히려 평소보다 더 무섭다."

"흐음……. 확실히 손맛이 좀 부족하긴 하네."

이 전법은 조신하고 깔끔하기는 하지만 막상 즐겁지가 않았다. 너무 일방적이었다.

역시 상대방의 강함에 정면으로 도전해 승리하는 방식이 가장 보람찼다.

예를 들어 마석수를 상대로 일부러 통하지도 않는 육탄전을 벌인다거나, 내성을 갖춘 속성으로 공격한다거나.

어떤 싸움에서든 최대한 성장의 기회를 끌어내고 싶었다.

마석수와의 싸움, 예쁜 드레스, 맛있는 음식.

이 장소에는 잉그리스 유크스로서 좋아하는 것들이 전부 모여 있었지만, 막상 뒤섞이니 뭐 하나 제대로 즐길 수가 없었다. 안타까운 노릇이다.

"그래도 드레스를 더럽히지 않으려면 어쩔 수 없지. 아, 라니와 레오네는 쓰러진 녀석들을 마무리해 줘."

"잠깐만! 뒤쪽에서도 오고 있어!"

이대로 과녁 신세로 전락할 수는 없다는 듯이 마석수들이 일제히 거리를 좁혀왔다.

위험한 잉그리스를 먼저 제압하려는 듯했다.

원래 인간이나 다름없는 지능을 지니고 있었기 때문인지 꽤 전략적인 움직임을 보여주었다.

확실히 잉그리스의 연사 속도로 일제히 들이닥치는 적들을 한꺼번에 처리하기란 무리였다.

"혹시 이것도 가능할까?"

잉그리스는 오른쪽 손가락으로 전방에 에테르 피어스를 연사하면서, 왼쪽 손가락을 뒤쪽으로 향했다.

"끄윽……!"

왼손의 끝부분에 에테르의 푸르스름한 빛이 깃들었다.

이윽고, 에테르 피어스가 발사되며 후방의 마석수들을 꿰뚫었다.

"됐다! 해냈어……!"

두 방향 동시 발사. 지금까지는 불가능했던 기술이다.

나날이 거듭한 훈련이 착실하게 효과를 보고 있다는 증거였다.

훈련의 성과가 눈앞에 뚜렷한 형태로 나타난 것이다. 자신이 더욱 강해졌음을 실감할 수 있었다.

잉그리스에게는 그 어느 때보다도 기쁜 순간이었다.

"이거 봐, 라니! 양손에서 동시에 쏠 수 있게 됐어!"

피슈슈슈슈슈슈슈슉!

잉그리스는 한 떨기 꽃처럼 가련한 미소를 지으며 에테르 피어

스를 난사했다.

지금까지 했던 말은 취소다. 굉장히 즐거웠다.

성장한 자신의 능력을 시험해 보는 것만큼 즐거운 일도 없었다.

결국 마석수들은 잉그리스에게 접근해 보지도 못한 채 전멸하고 말았다.

"후우. 보람찬 싸움이었어."

잉그리스가 상쾌하게 웃으며 말했다.

"하하하……. 크리스가 즐겁다니 다행이네."

"이쯤 되면 오히려 마석수가 불쌍해 보여. 아무것도 못 했잖아."

"음……. 신나서 약간 폭주해 버렸나."

"'약간'이 아닌 것 같은데……. 뭐, 요리만 무사하면 아무래도 좋아!"

"맞는 말이야. 지금 바로 먹을까?"

"응! 더는 못 참겠어!"

"어휴, 그 전에 다른 곳부터 돌아보러 가야지! 도움이 필요한 사람이 있을지도 모르잖아."

"조금 정도는 괜찮겠지요. 제가 쓰러져 있는 마석수들을 마무리하고 올 테니, 그때까지만이라도 먹고 계세요."

"얏호♪ 역시 교장 선생님이야!"

"고맙습니다."

밀리에라 교장의 허락이 떨어지기가 무섭게 잉그리스와 라피니아는 아직 멀쩡한 테이블로 이동했다.

하지만 바로 그때, 새로운 마석수가 모습을 드러냈다.

천장 근처의 공간이 일그러지는가 싶더니, 테이블 위쪽에서 또다시 마석수가 출현한 것이다.

"앗! 또……!"

"우리의 요리가!"

이대로라면 또 테이블과 요리가 엉망진창이 되어버릴 것이다.

그렇게 놔둘 수는 없지!

하지만 돌진해서 튕겨내자니 드레스가 찢어질까 걱정이 되었고, 에테르 피어스로 관통시키면 테이블로 떨어지는 것을 막을 수가 없었다. 그렇다고 에테르 스트라이크를 발사한다면 왕성의 절반이 날아가 버릴 터였다.

그렇다면 에테르를 마나로 변환시켜 적당한 마법적 현상을…….

잉그리스가 망설이는 사이, 누군가가 공중의 마석수를 향해 돌진했다.

외관상의 나이는 20대 후반. 빛나는 금발을 지닌 아름다운 소녀였다.

하이랄 메나스인 에리스였다.

"하아아앗!"

무서운 스피드로 돌진해 온 에리스는 마석수를 온몸으로 들이받으며 오른손의 쌍검으로 마석수를 베어 들어갔다.

에리스의 일격은 마석수를 일도양단해 버렸고, 그렇게 둘로 나뉜 마석수의 몸은 공격의 여파로 테이블 먼발치에 떨어졌다.

여전히 무서우리만치 날카로운 칼솜씨였다. 보고 있으면 반할 지경이었다. 꼭 대련해 보고 싶었다.

그리고 여기에 비견될 만큼 중요한 사실이 또 하나 존재했으니.

에리스 덕분에 테이블 위의 요리를 지켜낼 수 있었다.

"나이스! 고맙습니다, 에리스 씨!"

"정말로 고맙습니다. 생명의 은인이에요."

잉그리스와 라피니아가 에리스를 향해 고개를 숙였다.

"응? 뭐가 그렇게 거창해. 너라면 이 정도는⋯⋯."

"아뇨. 덕분에 테이블을 망가트리지 않을 수 있었어요. 이 요리들의 생명의 은인이세요."

"뭐? 요리?"

"잘 먹겠습니다!"

"앗. 치사해, 라니. 나도⋯⋯!"

곧바로 요리로 손을 뻗는 두 사람을 보면서 에리스는 하아, 한숨을 내쉬었다.

"못 말릴 애들이네. 밀리에라, 일단은 네 학생이잖아? 이래도 괜찮은 거야?"

"에헤헷. 먹성 좋은 여자애도 귀엽지 않나요?"

웃음으로 얼버무리려 하는 밀리에라 교장이었다.

"때와 장소는 가려야지."

"음, 저도 맞는 말이라고는 생각해요. 하지만 워낙 배가 고파 보여서요."

"마하효! (맞아요!)"

"허호효! (저도요!)"

"무슨 말을 하는지 하나도 모르겠거든……?! 뭐, 됐어. 여기도 대충 정리된 것 같네. 먹을 만큼 먹거든 나와 함께 가주지 않을래? 리플의 상태가 좀 이상해."

에리스의 표정은 냉정했지만, 어딘가 걱정스러워 보이기도 했다.

리플의 신변에 무슨 문제라도 생긴 것일까?

그렇다면 느긋하게 요리를 먹고 있을 때가 아니었다.

잉그리스와 라피니아는 입에 최대한 많은 요리를 욱여넣은 뒤, 자리에서 몸을 일으켰다.

리플은 현재 알현의 방에 있다는 모양이었다. 잉그리스 일행은 에리스의 뒤를 쫓아 알현의 방으로 이동했다.

알현의 방에 도착하자 엄청나게 많은 마석수의 사체가 굴러다니고 있었다.

"……여기가 제일 치열했던 모양이네."

"응. 숫자가 상당해."

"그래도 전부 쓰러트렸어. 역시 기사는 기사구나."

이곳은 왕성. 나라의 중심이다. 당연히 호위를 맡은 근위기사들도 손에 꼽히는 인재들일 터였다.

갑작스러운 습격인 만큼 부상자도 적지 않아 보였다.

하지만 기사들은 여전히 전투태세를 갖추고 있었다.

다들 무언가를 멀리서 에워싼 채로 신중하게 상태를 살피고 있었다.

그들 중에는 라파엘도 포함되어 있었다.

웨인 왕자와 성흔을 지닌 하이랜더들도 보였다.

라파엘은 이들을 호위하기 위해 달려온 모양이었다.

"에리스 님! 다른 곳은 어떻게 되었습니까?"

라파엘이 에리스의 모습을 발견하고는 물었다.

"문제없어. 아래쪽 회장에도 꽤 많은 마석수가 나타나기는 했는데, 이 애들이 거의 다 쓰러트려 줬어."

"그렇군요. 역시 대단하구나, 너희들."

"이쪽은 좀 어때?"

"아직 별다른 변화는 없어요. 소강상태입니다."

라파엘의 시선이 기사들이 이루고 있는 원형진의 중심으로 향했다.

중심에는 리플이 의식을 잃은 채 누워있었다.

단순히 자는 것처럼 보이지는 않았다. 리플은 불길함이 느껴지는 반구형의 검은 빛으로 뒤덮여 있었다.

"뭐, 뭐야 저게?"

리플의 주변 사물이 신기루처럼 일렁거렸다.

한눈에 봐도 심상치 않았다. 라피니아도 이를 느끼고 긴장한 눈치였다.

"공간이 일그러져 있어⋯⋯? 아무리 보아도 정상은 아닌 것 같아."

"혹시 저 불길한 빛이 마석수를……?"

레오네의 의문에 에리스가 고개를 끄덕이며 말했다.

"맞아. 리플이 갑자기 쓰러진 게 발단이었어. 리플의 몸이 검은 빛으로 뒤덮이는가 싶더니, 검은빛이 공간을 일그러트리면서 커지기 시작했지. 그리고 그곳에서 마석수들이 우수수 쏟아져 나왔어……. 전부 쓰러트리기는 했지만 대체 뭐가 뭔지……."

며칠 전 마석수가 나타났을 때도 리플은 몸 상태가 나빠 보였다. 혹시 이번 사건과 뭔가 관련이 있었던 것일까? 불명확한 점이 너무 많았다.

"그럴 수가……. 하이랄 메나스가 마석수를 소환해 우리를 습격하게 만들었단 말인가……."

근처에 있던 누군가가 말했다.

"설마 혈철쇄 여단으로 전향한 건 아니겠지……?!"

레온이라는 예시가 존재하는 이상 기사들이 의심하는 것도 무리는 아니었다.

에리스도 비슷한 생각을 했는지 강하게 반박하지 않고 그저 흘려듣기만 했다.

잉그리스도 에리스의 의사를 존중해서 얌전히 있기로 했다.

하지만 그런 잉그리스의 판단을 정면에서 부정하듯 외치는 인물이 있었다.

"아니에요! 에리스 씨와 리플 씨가 그런 짓을 할 리가 없어요!

에리스 씨는 유미르 사건 때도 레온 씨를 막아섰는걸요! 우리를 도와줬어요! 두 사람이 얼마나 좋은 사람인지는 이곳에 있는 모두가 잘 알고 있잖아요? 에리스 씨와 리플 씨는 하이랄 메나스로서 이 나라와 사람들을 잔뜩 구해주었어요. 동료라고요! 제발 두 사람을 믿어주세요!"

물론 이런 상황에서 이런 말을 할 사람은 라피니아밖에 없었다.

하지만 성품만 놓고 본다면 레온도 좋은 사람이기는 마찬가지거니와, 내용도 목소리만 클 뿐 설득력이 있는 주장이라 하기는 어려웠다. 딱 잘라서 유치하다고 표현해도 좋았다.

하지만 그렇기에 오히려 눈이 부셨다. 저 순진무구한 심성만큼은 진짜였다.

잉그리스는 그런 라피니아가 너무나 귀여워서 견딜 수가 없었다.

앞으로 어떻게 성장해 나갈지 기대가 되었다. 끝까지 옆에서 지켜봐 줄 생각이었다.

"……물론 우리도 알고 있다. 자네 말대로야. 하지만……."

기사 중 한 명이 애매하게 대꾸했다.

그리고 에리스가 라피니아의 어깨에 척 손을 얹었다.

"너무 그렇게 화내지 마. 기사들에게도 사명이란 게 있어. 사소한 가능성도 항상 주의를 기울여야 하지. 우리가 결백하다는 것을 행동으로 증명해 보이면 될 뿐이야."

에리스는 담담하게 말했다.

"아, 알겠습니다⋯⋯."

혼날 줄 알았는지 라피니아는 살짝 주눅이 들어 있었다.

"그래도 뭐, 감사의 인사는 해둘게. 고마워."

"네!"

그 모습을 바라보면서 라파엘이 잉그리스에게 속삭였다.

"⋯⋯후우. 라니는 무서운 게 없어서 가끔 간담이 서늘해진다니까. 내가 감싸면 편애하는 것처럼 비출까 봐 섣불리 나설 수도 없고 말이지⋯⋯."

"라니는 항상 저래요. 언제 어디서든, 누구한테든 말이죠. 저는 그게 라니의 좋은 점이라고 봐요."

"크리스가 그렇게 생각해 주니 안심이 되는걸."

그런데 그때 원형진 안으로 걸음을 내딛는 자가 있었다.

이마에 성흔이 새겨진 하이랜더 청년이었다.

"저는 방금 그 의견에 찬성합니다. 하이랄 메나스는 하늘에서 내려온 지상의 수호자. 그녀들을 믿고 함께 싸워나갈 수 없다면 프리즘 플로가 내리는 지상에서 오래 살아남기란 어렵겠지요. 그녀들도 한때는 지상에서 살았던 몸. 지상을 지킨다는 사명을 위해 자신을 희생해 하이랄 메나스가 된 이들입니다. 그 뿌리를 이해해 주시길 바랍니다."

이 청년이 말로만 들었던 신임 특사일까?

첫인상만 두고 보자면, 지적이고 온화하지만 강한 의지가 느껴지는 인물이었다.

전임이었던 뮨테와는 그야말로 하늘과 땅 차이라고 표현하지 않을 수가 없었다.

"그러면 에리스 씨도 원래는 지상 출신인 건가?"

리플이 지상 출신이라는 것은 며칠 전 본인의 발언을 통해 대충 짐작하고 있었다.

"세오도어 님. 옛날이야기는 좀……."

에리스는 별로 언급하고 싶지 않은 모양이었다.

"죄송합니다. 제가 생각이 미치지 못했군요. 어쨌든, 원인이 분명해지기 전까지는 이분들을 믿어보기로 합시다. 하이랄 메나스는 저희 하이랜드와 지상의 신뢰를 상징하는 존재이기도 합니다. 저도 물론 사태 해명을 위해 적극적으로 협력하겠습니다. 특사로서 첫 업무가 되겠군요."

"세오도어여. 짚이는 바가 있는가?"

원형진 안쪽에서 사태를 지켜보던 웨인 왕자가 입을 열었다.

"섣불리 단정할 수는 없습니다만, 대충 짐작은 됩니다. 저희 하이랜더의 세력 다툼에 휘말린 것이 아닐까 싶습니다."

세오도어 특사가 씁쓸한 얼굴로 대답했다.

"하이랜더 측의 세력 다툼 말인가요."

라파엘의 표정이 약간 날카로워졌다.

"그렇습니다, 성기사님. 지상에도 다수의 나라가 있고 파벌이 있듯이, 하이랜드에도 이념에 따른 파벌이 존재합니다. 물론 하이랜드의 체제 자체는 하나뿐이니, 관계자가 아닌 분은 들어도 이해하시기 힘들겠지만요."

"즉, 이건 자네를 노린 교주 연합의 방해 공작이라는 뜻인가."

웨인 왕자가 세오도어 특사에게 물었다.

하이랜드에서 유학한 경험이 있는 만큼 하이랜드의 사정에 대해서도 해박한 듯했다.

"그렇습니다. 정확히는 제가 아니라 대공파를 노렸다고 해야겠지만요. 대공파는 기존의 마인무구에 더해 플라이 기어와 플라이 기어 포트의 거래를 용인하기 시작했습니다. 허나 교주 연합은 강고하게 반대하고 있죠. 그들은 언젠가 지상의 인간들이 자신의 목숨을 위협할 것이라며 두려워하고 있습니다."

하이랜더가 된 팔스 역시도 특사인 문테의 암살을 꾸미고 있었다. 즉, 이 모든 일에는 지상 측에 하사하는 무기를 둘러싸고 하이랜드 내부의 대립이 존재한다는 뜻이었다.

심지어 상대는 암살이란 수단도 불사하고 있었다. 그만큼 대립이 치열하단 의미였다.

세오도어 특사의 말도 어느 정도 납득이 갔다.

결과적으로 문테는 하이랜더에게도 반 하이랜드 조직인 혈철쇄 여단에게도, 심지어 국왕 측의 기사들에게도 적이었다.

실로 대단한 인기였다. 그 장소에 잉그리스가 없었더라도 그의 운명은 바뀌지 않았으리라.

"……우리를 세력 다툼의 장기말로 쓰겠다고? 우리는 마석수로부터 지상을 지키기 위해 하이랄 메나스가 되었어. 이딴 식으로 이용당하려고 온 게 아니란 말이야!"

에리스가 분노를 드러냈다. 같은 하이랄 메나스이자 동료인 리플이 저런 꼴을 당한 것이다. 당연한 반응이었다.

"지당하신 말씀입니다. 하지만 하이랄 메나스는 하이랜드에서 만들어진 수호신입니다. 당연히 하이랄 메나스가 거역할 때를 대비해 제압할 수단도 준비해 놓았겠지요. 리플 공은 교주 연합이 만든 하이랄 메나스이므로 구체적으로 어떤 상황인지는 모르겠습니다만……. 단, 이건 교주 연합만의 이야기가 아닙니다. 예를 들어, 에리스 공. 당신은 대공파의 하이랄 메나스입니다. 리플 공과는 다른 파벌이지요. 이렇게 왕국은 예부터 각 파벌의 하이랄 메나스를 고루 배치함으로써 하이랜드 파벌 사이의 균형을 맞춰 왔습니다. 하지만 지금은 대공파와 인연이 강해지면서 그 균형이 무너지고 말았지요."

"즉, 세력도에 따라서는 제가 리플처럼 되었을지도 모른다는 거죠……? 차라리 그랬으면 마음은 더 편했겠어. 하이랄 메나스가 되고서 꽤 오랜 세월이 흘렀건만, 정작 하이랄 메나스가 어떤 존재인지도 모른다니. 참 답답하네."

에리스가 깊은 한숨을 내쉬었다.

"에리스 씨, 저기……."

라피니아가 에리스에게 말을 걸었다.

"뭔데?"

"이런 말을 해도 될지 모르겠지만, 저는 플라이 기어와 플라이 기어 포트가 있어서 다행이라고 생각해요……. 훨씬 빨리, 훨씬 먼 곳까지 마석수에게 당하는 사람들을 지켜주러 갈 수 있는걸요……."

라피니아의 말에 많은 이들이 묵묵히 고개를 끄덕였다.

이 자리에 모인 사람들은 마석수로부터 나라와 사람들을 지킨다는 자신의 사명을 진지하게 받아들이고 있는 자들뿐이었다. 그렇기에 라피니아의 이 순수한 의견에 그들도 깊이 공감하고 있었다.

라파엘과 웨인 왕자마저도 라피니아의 말에 고개를 끄덕였다.

"……라피니아의 말대로야. 안 그래, 잉그리스?"

레오네가 귓속말로 잉그리스에게 물었다.

"맞아. 플라이 기어가 있으면 싸울 기회도 더욱 늘어날 테니까."

"그, 글쎄. 라피니아는 그런 뜻으로 한 말이 아닌 것 같은데……."

"결과적으로는 똑같은 거잖아?"

"하하하. 물어본 내가 바보지……."

한편, 에리스는 입을 다물고 말았다.

"……."

"죄, 죄송해요. 건방진 소리를 해서……!"

라피니아가 고개를 숙였다.

"……아니, 괜찮아. 확실히 네 생각이 더 바람직해 보이는걸."

"저도 온 힘을 다하겠습니다. 리플 씨가 지금까지와 다름없이 활동할 수 있도록……. 그러니 조금만 참아 주세요."

"네. 잘 부탁드립니다."

세오도어 특사의 말에 에리스가 고개를 끄덕였다.

"고맙습니다. 덕분에 에리스 공도 냉정을 되찾으신 모양입니다."

세오도어 특사는 라피니아의 어깨에 손을 얹으며 미소를 지었다.

"순수하고 솔직한 의견이었습니다. 당신은 겉모습뿐만 아니라 마음도 아름다우시군요."

"아, 아니에요……. 아하하, 아름답기는요."

세오도어가 똑바로 바라보자 부끄러워하며 대꾸하는 라피니아.

볼도 살짝 불그스름해져 있었다. 이런 라피니아의 모습은 잉그리스도 처음 보는 것이었다.

잉그리스는 커다란 위기감을 느꼈다.

어쩌면 발견한 것일지도 모른다. 몹쓸 벌레를. 쫓아내야 했다.

라피니아에게는 아직 이르다. 용서할 수 없었다.

"이름을 가르쳐 주실 수 있을까요?"

"라피니아 빌포드입니다. 저기 계신 성기사 라파엘 님의 여동생이죠. 저는 종기사인 잉그리스 유크스라고 합니다."

잉그리스가 라피니아와 세오도어 특사 사이를 가로막으며 대신 대답했다.

위험 분자다. 될 수 있는 한 라피니아와 떨어뜨려 놓아야 했다.

"크, 크리스……! 갑자기 왜 그래!"

"아무것도 아니니까 신경 쓰지 마. 나는 라니의 종기사잖아."

하지만 세어도어 특사는 딱히 불쾌한 기색을 내비치지 않았다.

불쾌해하기는커녕 기뻐했다.

"빌포드…… 그렇군! 당신이 성기사님의 여동생이군요……! 그리고 잉그리스 씨, 당신의 이름도 들었습니다. 당신들이 바로 제 여동생을 구해주셨다는 분들이군요."

"예? 여동생이요?"

"예. 세이린은 제 여동생입니다."

""네에에?!""

잉그리스와 라피니아가 무심코 소리쳤다.

"세이린 님의 오라버니……? 그러고 보니 분위기가 닮은 것 같기는 해. 상냥한 점이라던가. 안 그래, 크리스?"

"그렇네……."

잉그리스는 일단 동의를 표했다.

돌이켜 보면 세이린과 라피니아는 죽이 잘 맞았고, 잉그리스는 두 사람이 친하게 지내도 딱히 아무렇지도 않았다.

하지만 세오도어는 별개다. 아무리 그가 세이린과 비슷한 분위기를 풍기고 있다 해도 허락할 수 없었다.

'친하게 지낸다'가 다른 의미로 변해버릴지도 모르니까.

라피니아에게 애인은 아직 필요 없었다.

잉그리스의 개인적인 고집일지도 몰랐다. 하지만 싫은 것은 싫은 것이다.

그런 잉그리스의 내심을 아는지 모르는지 라피니아는 세오도어를 보면서 환하게 웃고 있었다.

세이린의 오빠라는 사실을 알고 경계심이 풀린 모양이었다.

이것은 좋지 않은 징후다.

"두 분 모두, 여동생의 목숨을 구해주셔서 감사합니다. 마석수로 변해버렸다는 이야기는 들었습니다만, 지금은 어디에……?"

"여기에 있어요."

잉그리스가 자신의 가슴을 손가락으로 가리켰다.

마침 린이 고개를 불쑥 내밀고 있었다.

"세이린……?! 아아, 희미하지만 확실히 그 아이의 마나가 느껴지는군요……. 이렇게 변해버리다니……."

"죄송합니다. 저희로서는 이 상태로 만드는 것이 한계였어요."

"아뇨, 괜찮습니다. 정말 잘해주셨습니다. 목숨만 있다면 아직 끝난 것이 아니니까요. 반드시 원래대로 돌아올 방법을 찾아낼 겁니다……!"

"저희가 도와드릴 일이 있거든 언제든지 말씀해 주세요!"

"예, 그때는 잘 부탁드립니다. 저, 그리고 세이린을 데려가도 되겠습니까?"

"네, 그러세요."

피를 나눈 가족의 부탁인 이상 거절할 수는 없었다.

잉그리스는 가슴에서 린을 꺼내 세오도어에게 건네려 했다.

"자, 세이린. 이제 안심해도 된단다. 내가 어떻게든 해줄게."

세오도어가 린에게로 손을 가져갔다.

덥석!

린이 세오도어의 손가락을 꽉 깨물었다.

"으앗……?! 왜 그러니, 세이린?"

세오도어가 당황하며 말했다. 하지만 린은 세오도어를 무시하고 다시 잉그리스의 가슴 틈 사이로 들어가 버렸다.

"린? 오라버니가 마중을 나왔잖아."

"얘가 왜 이런담?"

린은 고개를 절레절레 내젓더니 드레스 속으로 완전히 들어가 버렸다.

옷 속에서 꼼지락꼼지락 움직이자 몹시 간지러웠다.

"자, 잠깐만, 린. 그렇게 날뛰면 간지럽잖아……!"

"……돌아가고 싶지 않은 건가?"

라피니아가 고개를 갸웃했다.

그 뒤로도 세오도어 특사가 린을 부르고, 잉그리스 일행도 린을 부추겼지만 린은 꿈쩍도 하지 않았다.

"아무래도 제가 알던 세이린과는 좀 다른 모양이군요……. 한동안은 여러분께 맡기는 편이 좋을지도 모르겠습니다."

세오도어 특사는 상당히 낙담한 눈치였다.

여동생을 향한 그의 애정이 엿보이는 대목이었다.

"알겠습니다. 저희는 괜찮아요."

"하지만 알아봐야 할 것이 산더미입니다. 필요할 경우 세이린을 데려와 주실 수 있을까요?"

"네. 물론이에요."

"고맙습니다. 자, 세이린도 신경이 쓰이지만, 우선은 리플 공부터 어떻게 해야겠지요. 저 현상을 억제할 방법을 찾아야 할 텐데……. 밀리에라, 도와주시겠나요?"

세오도어가 밀리에라 교장을 불렀다.

친근하게 이름으로 부르는 것은 두 사람이 면식이 있기 때문이리라. 밀리에라 교장이 마차 안에서 했던 말이다.

"네. 물론이에요."

"부탁드립니다. 하이랜드에서 저희의 기술을 배운 당신이라면 충분히 도움이 될 수 있을 겁니다."

"기대에 부응할 수 있도록 노력할게요!"

"하지만 어떻게 할 생각이지, 세오도어? 이대로 마석수가 계속 소환되면 마음 놓고 조사할 수도 없지 않겠나."

"그렇군요. 일단은 어딘가 멀리 옮겨야겠습니다. 몇 번이고 왕성을 습격당할 수는 없으니."

"그럼 제가 리플을 옮길게요. 또 마석수가 나타나면 바로 쓰러트리면 되니까요. 하지만 어디로 옮기지?"

하지만 에리스의 그 물음에는 아무도 답을 내지 못했다.

"아, 옮겨줄 필요는 없어. 내 발로 갈게."

그때 리플의 목소리가 들렸다. 어느새인가 눈을 뜨고 있었다.

"리플! 아아, 다행이다. 괜찮은 거야?"

에리스가 황급히 달려가 리플을 부축했다.

딱히 아무런 이상도 없어 보였다. 아까 있던 일이 거짓처럼 느껴졌다.

"……지금은. 뭐랄까, 안개가 확 걷힌 듯한 느낌이야. 하지만 무슨 일이 있었는지는 어렴풋이 기억하고 있어. 미안해, 다들. 지상을 지키기 위해 만들어진 하이랄 메나스가 사람들을 다치게 하다니……."

리플은 심리적으로 상당한 충격을 받은 눈치였다.

"마음 쓰지 마. 네 탓이 아니야."

"맞아요! 리플 씨가 원해서 그런 것도 아니잖아요!"

"라피니아의 말대로예요. 리플 씨는 잘못하지 않았어요."

"남에게 억지로 조종당한 셈이잖아요."

에리스에 이어 잉그리스 일행도 한마디씩 리플을 위로했다.

"고마워, 다들. 하지만 내가 못 견디겠어. 이러려고 하이랄 메나스가 된 게 아닌걸. 웨인, 나는 어디로 가면 돼? 혹시 방법이 없을 것 같으면 파괴해도 좋고, 어딘가 인적이 없는 곳에다 버려도 괜찮아."

"바보 같은 소리 마라. 수호신을 그런 식으로 다룰 수는 없다. 어떻게든 해줄 테니 조금만 참아라. 그동안 어딘가 엄중한 경계 태세를 갖춘 곳에서 쉬고 있으면 되겠지."

물론 구체적인 장소의 선정과 전력 배치 등에 관한 문제는 지금부터 검토해 나가야 할 것이다.

"곧바로 할애할 수 있는 전력과 장소를 알아보겠습니다."

"그래, 라파엘. 부탁한다."

상황이 이렇게 돌아간다면…… 하고 생각하던 잉그리스가 앞으로 나서며 말했다.

"실례합니다. 제게 한 가지 제안이 있습니다만, 괜찮을까요?"

"상관없다. 말해다오."

"무슨 제안인데, 크리스?"

웨인 왕자와 라파엘이 고개를 끄덕였다.

"해결책이 떠오를 때까지 리플 씨를 기사 아카데미에 두는 것이 어떨까요?"

잉그리스의 눈동자가 반짝였다.

리플을 아카데미에 둔다면 언제 나타날지 모르는 마석수를 상대로 현장감 넘치는 실전 훈련이 가능할 터였다.

"기사 아카데미에 말인가?"

잉그리스의 제안에 웨인 왕자는 놀라움을 드러냈다. 이것은 미처 생각하지 못한 눈치였다.

"네. 이미 기사단은 리플 씨가 행동불능에 빠지면서 전력은 저하된 상태예요. 그런 상황에 리플 씨 주변에 경계까지 세운다면 더욱 인력난에 빠지겠죠. 자칫 국방에 지장이 생길 수도 있습니다. 현장에 있어서 알게 된 사실이지만, 아르멘 마을의 얼어붙은 프리즈마를 베네픽과 맞닿은 국경 부근으로 옮긴 건 베네픽을 그만큼 위협으로 보고 있다는 뜻이지요? 그럼 국경의 경계를 늦추는 건 옳지 않습니다. 국경 수비가 약해지면 그 순간을 노리고 공격할지도 모르니까요. 오히려 이번 일의 목적이 그것이라고 해도 전혀 이상하지 않은 상황입니다. 베네픽에도 하이랜드의 특사가 있을 테지요? 혹시 교주 연합 측의 인물이 아닌가요?"

"세오도어여. 어떤가?"

"……잉그리스 양의 말씀대로입니다. 교주 연합 측이 공들여 세운 함정일 수 있습니다."

잉그리스의 지적을 들은 웨인 왕자와 세오도어 특사는 서로를 마주 보며 고개를 끄덕였다.

"좋은 의견이었다. 역시 빌포드가로군, 라파엘. 총명한 종기사를 두었구나."

"예. 크리스는 어릴 적부터 현명한 아이였지요. 검술 실력 또한 확실합니다. 늘 라피니아를 지탱해 주고 있습니다."

"당신이 함께라면 라피니아 양도 안심이겠군요."

"말씀 감사합니다."

잉그리스가 고개를 숙이며 감사를 표했다.

하지만 사실 그렇게 어려운 이야기는 아니었다. 간단한 추리다.

하이랜드에도 파벌이 있다는 사실은 조금 전의 이야기로 분명해졌다.

만약 베네픽의 특사가 세오도어와 같은 파벌 사람이었다면 굳이 침략을 비롯해 적대적 행위를 할 필요가 없다.

하이랜드에게 있어 지상은 충분히 풍족한 땅이다.

굳이 같은 파벌끼리 싸울 이유가 없다.

이래 봬도 전생에 국왕으로서 나라를 이끌던 몸이다. 그 정도는 읽을 수 있었다.

물론, 잉그리스 유크스로서 새로 태어난 이상 나랏일이나 정치에 관련될 생각은 없었다. 따라서 평소 같았으면 무시하고 넘어갔을 대목이었다.

어차피 내버려 뒀어도 웨인 왕자나 라파엘이라면 얼마 지나지 않아 이러한 가능성을 눈치챘을 것이다.

잉그리스는 단지 남들보다 먼저 지적한 것에 불과했다.

하지만 그 '남들보다 먼저'라는 점이 중요했다.

"그러면 리플 씨를 기사 아카데미에 머물게 해 주시는 건가요?"

바로 이 요청을 쉽게 통과시키기 위해서였다.

제안을 꺼낼 때, 먼저 상대방의 감탄을 끌어낼 수 있다면 설득력이 크게 달라진다.

잉그리스의 추론이 맞았는지 아닌지는 별로 상관이 없었다.

이 사람의 이야기는 들어볼 가치가 있다는 생각이 들게 만드는 것이 중요했다.

"……방어가 느슨해지지 않도록 기사단 외부의 전력을 활용한다는 그 취지는 이해했다만…… ."

"부탁드립니다! 아직 미숙한 학생이지만 마음만큼은 지지 않을 자신이 있어요……!"

물론 여기서 마음이란 '리플이 소환한 마석수와 싸워 더욱더 성장하고 싶다'라는 잉그리스의 본심을 의미했다. 마석수가 언제 습격해 올지 모르는 상황이라니. 그야말로 최고였다. 늘 긴장을 유지하며 수행에 임할 수 있었다.

결코, 세상이나 사람들을 지키기 위해서가 아니었다.

다만, 저쪽에서 굳이 그렇게 받아들이겠다면야 말릴 생각은 없었다.

어쨌든 거짓말은 하지 않았고, 단어 선택도 일부러 추상적으로 했다.

그런데 그때 뒤쪽에서 라피니아와 레오네가 속닥거리는 소리가 들려왔다.

"……있잖아. 잉그리스, 오늘따라 엄청 진지하지 않아? 조금 다시 봤어."

"괜찮겠어? 금방 실망하게 될 텐데……?"

"어?"

"크리스는 세상이 뒤집혀도 크리스야……! 리플 씨가 소환한 마석수와 싸우고 싶어서 저러는 거라고……!"

"에엑……?!"

"평소에는 막무가내처럼 보여도 사실 크리스는 머리가 엄청 좋아. 이런저런 이유를 갖다 붙여서 속여 넘길 생각…… 흐읍!"

"음으읍……!"

"못써. 지금 중요한 이야기를 나누는 중인데 잡담을 하면 안 되지."

잉그리스는 빙그레 웃으며 라피니아와 레오네의 입을 틀어막았다.

다행히 웨인 왕자의 귀에는 들어가지 않은 모양이었다.

"……밀리에라. 아카데미의 교장으로서 자네는 어떻게 생각하나?"

"으음……. 확실히 잉그리스 양의 의견은 일리가 있어요. 하지만 그렇게 되면 다른 학생들이 위험해질 수도 있어서……."

밀리에라 교장도 영 내키지 않는 눈치였다.

"게다가 아카데미 주변은 시가지입니다. 만약 마석수가 빠져나가기라도 한다면 왕도의 주민들까지 휘말리게 될 우려가 있습니다. 저는 찬성하기 어렵군요. 역시 기사단에서 대응하는 편이……."

라파엘은 라피니아와 잉그리스가 위험에 빠질 일을 만들고 싶지 않은 듯했다.

"하지만 리플 공의 신변에 일어난 현상을 분석하려면 그만한 설비가 필요합니다. 기사 아카데미에는 밀리에라의 연구실이 있을 테니 그곳을 조금 개조하면 되겠지요. 아무것도 없는 곳에서 처음부터 준비하려면 쉽지 않을 겁니다."

"리플을 하이랜드로 데려가서 고치는 건 어려울까요?"

"……에리스 공. 죄송하지만 그건 포기하는 편이 좋겠군요. 이렇게 말하면 기분 나쁘실지도 모르겠지만, 교주 연합의 함정일지도 모르니 처분해 버리라는 쪽으로 이야기가 흘러갈 겁니다……. 같은 파벌이라고 해도 모두가 저와 같은 사고방식을 가진 건 아니니까요. 오히려 전임인 뮤테와 비슷한 자들이 더 많다고 해야겠지요."

"그렇군요……."

에리스가 힘없이 고개를 떨구었다. 이후 웨인 왕자가 세어도어 특사의 말을 받았다.

"즉, 가장 신속하게 사태를 해결하려면 기사 아카데미에 맡기는 방법이 최선이라 이건가?"

"어쩌면 가장 사태를 악화시키는 방법이 될지도 모릅니다. 무엇이 정답인지는 결과가 나와봐야 압니다. 이건 학문이 아니니까 말이죠."

"후……. 하이랜드에서 함께 공부하던 시절이 차라리 편했군."

웨인 왕자가 미소를 지어 보이자 세오도어도 미소로 화답했다.

"그런 것 같군요. 하지만 이 중압감이야말로 저희가 이상에 다가가고 있다는 증거일지도 모릅니다."

"그래, 그렇군……."

웨인 왕자도 세오도어도 나름대로 대의를 품고 있는 듯했다.

전생의 잉그리스 왕도 젊었을 적에는 이 두 사람과 비슷했다.

젊은 나이에 나라와 백성들의 운명을 짊어지게 되어 정신이 없었다.

하지만 잉그리스가 세상과 사람들을 위해 정열을 불태우던 시절은 이미 끝났다.

그래서 '고생들이 많구나'라는 말밖에 나오지 않았지만, 기왕이면 분발해 주길 바랐다.

이 시대의 문제는 이 시대의 사람들이 해결하면 된다.

잉그리스는 라피니아를 지키면서 자신의 삶을 살 생각이었다.

"저분들은 세이린의 목숨을 구해주었습니다. 게다가 얼마 전에는 아르시아 전 재상을 구출하고 추락하는 전함을 막아 왕성을 지켜냈지요. 한번 걸어볼 가치는 있다고 봅니다."

"……전 재상? 아르시아 재상은 어떻게 되신 건가요?"

잉그리스는 세오도어 특사의 발언에서 그 부분이 마음에 걸렸다.

"재상직을 관두었다. 자네들도 알다시피 지난번 사건은 기록에 남지 않았지. 그래서 아르시아 경에게도 책임을 묻지 않으려 했다만, 본보기가 필요하다며 한사코 거절하더군. 일단 퇴임 사유는 건강 문제라고 해두었다만…… 아르시아 경은 공명정대한 성품의 소유자라서 말이다. 누구에게도 아첨하는 법이 없지. 재상에 걸맞은 인물인 만큼 아쉬울 따름이다. 그의 업무는 내가 임시로 이어받기로 했다."

"그리고 웨인의 원래 업무 중 일부를 성기사님과 에리스 공이 나눠서 처리하고 있지요. 다들 여유가 없는 상태입니다."

"그러면 저희한테 맡겨주세요! 리플 씨의 힘이 되어주고 싶어요!"

라피니아가 외쳤다. 그리고 이는 잉그리스의 예상대로였다.

이유에 약간씩의 차이는 있을지언정 라피니아가 찬성하고 나서는 것은 기정사실이나 다름없었다.

괴로워하는 리플을 눈앞에 두고 가만히 있을 라피니아가 아니었다. 라피니아의 정의감이 허락지 않을 테니까.

"하지만, 라니. 너희는 아직 많은 것을 배우고 힘을 길러야 할 시기야. 진정한 기사가 되기 위해서 꼭 거쳐야 할 과정이지. 그런 너희를 위해서 밀리에라 교장님을 비롯한 교사분들이 고생하고 계신 거고. 지금은 무리할 때가……."

"그렇지 않아, 오라버니. 나는 리플 씨의 노고에 보답하고 싶을 뿐이야! 리플 씨는 지금껏 우리와 이 나라를 지켜주었는걸. 이건 기사와는 상관없잖아? 나는 지금의 내가 할 수 있는 일을 하고 싶을 뿐이야!"

라피니아의 설명을 듣고 있던 잉그리스의 입에서 무심코 키득, 하고 웃음이 새어 나왔다.

옛날에 라파엘도 이모인 이리나와 비슷한 말을 주고받았다는 사실이 떠오른 것이다.

지금의 라피니아가 당시의 라파엘이었고, 지금의 라파엘은 당시의 이리나와 똑같은 상황이었다.

역할이 완전히 뒤바뀌고 말았다. 어른이 된다는 것이란 이런 것일지도 몰랐다.

"후후훗……."

"크리스?"

"왜 그래?"

"아뇨, 예전에 라파 오라버니가 후작님과 이모님께 비슷한 말을 들었던 게 생각나서요. 왠지 그립네요."

"어……? 화, 확실히 그런 대화를 나누기는 했지만, 크리스는 아직 조그마했을 때였을 텐데……."

"기억력에는 자신이 있거든요."

"즉, 오라버니도 아버지처럼 고지식해졌다는 말이네. 그러다간 크리스한테 미움받을걸!"

"에엑……?!"

"그렇지 않아. 내가 왜 후작님을 미워하겠어."

"앗, 오라버니. 지금 한시름 놓았지?"

"나 참, 지금은 그런 소리를 할 때가 아니잖아……."

그런 세 사람의 모습을 지켜보던 웨인 왕자가 웃음을 터트렸다.

"하하핫. 완전한 성기사라 칭송받는 라파엘도 여동생들한테는 못 당하나 보군."

"이, 이런……. 볼썽사나운 모습을 보여드려 죄송합니다."

"아니, 괜찮다. 흐뭇하게 잘 보았어. 그럼, 레오네. 자네는 어떻지? 생각을 들려주게."

웨인 왕자가 레오네에게 이야기의 화살을 돌렸다.

"아……. 저 말인가요?"

"그래. 자네들 모두의 의견을 들어보고 싶군."

"……두 사람과 같아요. 은혜를 갚는다는 말에도 공감하고 있고요. 하지만 좀 더 솔직하게 말씀드리자면, 저는 최대한 빨리 공적을 쌓고 싶어요. 이건 그 기회라 생각합니다."

"그런가……. 가문의 오명을 씻기 위해서는 그렇게 생각하는 것이 자연스럽겠지."

레오네가 속한 오르파 가문은 성기사인 레온을 배출하여 아르멘 마을의 자랑으로 존경받고 있었다.

하지만 레온이 성기사를 관두고 혈철쇄 여단으로 전향해 버리면서 세간의 시선은 돌변해 버렸다. 배신자 가문이라며 백안시당하는 신세가 되고 말았다.

레오네는 그 상황을 자신의 공적으로 뒤집기 위해서 기사가 되겠다고 말했다.

기사 아카데미에서도 인간관계에 애를 먹으면서 노력하고 있었다.

잉그리스가 보기에, 자신을 제외하면 기사 아카데미의 학생 중에서도 가장 의욕적으로 단련에 힘쓰는 사람이 바로 레오네였다. 잉그리스가 방과 후에 훈련하고 있으면 곧잘 함께하자며 어울려주고는 했다.

그래서 최대한 빨리 공적을 세우고 싶다는 레오네의 말도 충분히 이해가 갔다.

"저번 건은 공식적으로 없던 일로 처리되었지. 결국, 자네들의 활약까지 없어져 버린 셈인가. 자네한테는 몹쓸 짓을 하고 말았군. 미안하다."

"아, 아뇨. 어차피 그 정도로 명예를 되찾을 수 있으리라고는 생각지도 않았는걸요. 게다가 그건 잉그리스가 거의 다……으읍!"

잉그리스는 레오네의 입술에 손가락을 얹어 말을 막았다.

굳이 세부적인 이야기까지 전부 털어놓을 필요는 없었다. 잉그리스는 이대로 레오네의 공적이 인정되기를 바랐다.

레오네에게는 공적이 필요했지만 잉그리스에게는 오히려 거추장스러울 뿐이었다.

잉그리스가 원하는 것은 공적이 아닌 싸움 그 자체였다.

전투를 통해 단련에 단련을 거듭할 수 있다면 그것으로 만족했다.

"힘을 합쳐서 해결했다고 해둬. 나는 별로 눈에 띄고 싶지 않거든. 반대로 레오네는 눈에 띄어야 하고."

잉그리스가 레오네에게 작은 소리로 속삭였다.

대외적인 공적이나 명성은 전부 레오네에게 줘도 상관없었다.

씩씩하게 앞을 보고 나아가려는 레오네를 도와주는 것도 썩 나쁘지 않았다.

"왜 그러지?"

"아, 아니에요. 부디 다시 한번 공적을 세울 기회를 주셨으면 합니다. 전력을 다해 마석수를 해치워 보이겠습니다."

"저도 거듭 부탁드릴게요. 반드시 리플 씨를 지켜내겠습니다."

"나를 지켜서 어쩌려고 그래, 너희. 나 때문에 다른 사람들이 위험해져서 문제인 거잖아."

리플이 능청스러운 말투로 딴죽을 걸었다. 하지만 리플에게서 평상시의 쾌활함은 찾아볼 수 없었다.

"······이번 일로 리플 씨는 죄책감을 느끼고 있어요. 저희가 다치지 않고, 주민들에게도 전혀 피해가 없고, 소환된 마석수도 전부 쓰러트리는 모습을 보여드린다면 더는 불안해할 이유가 없겠죠. 저는 리플 씨의 마음을 지켜드리고 싶어요."

"잉그리스······."

"너······. 그렇게까지 생각해 주고 있었구나."

리플은 눈물을 글썽이고, 에리스는 감탄을 표했다.

잉그리스는 말없이 미소로 대답했다.

괴로워하는 리플을 돕는 것 역시 썩 나쁘지는 않았다.

긴장감 넘치는 훈련을 제공해 준 데 대한 보답으로는 오히려 부족하다 싶을 정도였다.

찰싹!

불현듯 뒤쪽에서 누군가가 잉그리스의 어깨를 때렸다.

"말 잘했어, 크리스! 이래서 무슨 속셈인지 알고도 크리스를 따라갈 수밖에 없다니까! 그 말대로 우리가 리플 씨를 지켜내는 거야!"

어깨를 때린 장본인은 눈을 반짝이면서 콧김을 뿜어내는 라피니아였다.

리플의 마음을 지키고 싶다는 말이 굉장히 마음에 든 모양이었다.

"하하하⋯⋯. 고마워, 라니."

"⋯⋯너희들의 마음은 잘 알았다. 그러면 그 기개를 봐서 기사 아카데미에 리플을 맡기기로 하지. 세오도어도 이 아이들에게 협력해 주길 바란다. 왕께는⋯⋯ 아버지께는 내가 잘 설명해 두겠다."

웨인 왕자가 위엄이 느껴지는 말투로 결정을 내렸다.

"""감사합니다!"""

잉그리스를 비롯한 세 사람은 입을 모아 대답했다.

다들 바라던 바였다.

이것으로 아카데미의 훈련에 또 하나 새로운 과목이 추가될 듯
했다.

◆ ◇ ◆

"그런 일이 있었는데 이렇게 느긋하게 있어도 되는 걸까……."

힘없이 중얼거린 리플은 목욕물에 얼굴을 반쯤 파묻고 숨을 불
었다. 부글부글 거품이 올라왔다.

"괜찮아요. 저는 언제든지 준비가 되어있으니까요. 뭣하면 지
금 바로 시작해도 괜찮아요. 자자, 사양 마시고."

옆에서 목욕물에 몸을 담그고 있던 잉그리스가 말했다.

이곳은 기사 아카데미 여자 기숙사의 공용 목욕탕이었다.

기사 아카데미에서 머물기로 결정된 리플은 학교에 도착하자
마자 목욕탕으로 직행하게 되었다. 먼저 휴식을 취할 필요가 있
다는 이유에서였다.

"무슨 소리람. 내가 컨트롤할 수 있는 것도 아니고……. 그렇게
기대감 가득한 눈으로 쳐다보지 마."

"어휴, 크리스. 리플 씨가 곤란해하고 있잖아. 장난치지 마."

"나쁜 뜻은 없었어. 우리는 이걸 좋은 훈련이라고 생각하고 있
잖아. 리플 씨가 마음 쓸 필요는 없다고 말하고 싶었을 뿐이야."

"훈련이라고 생각하는 건 크리스뿐이야……. 멋대로 나까지 끌

어들이지 말아줘."

맞아, 맞아. 하고 레오네가 고개를 끄덕였다.

"그래도 뭐, 생각하기에 따라서는 잉그리스 씨의 말도 일리가 있네요. 귀중한 실전 경험이 될 것이라는 점은 분명해요."

밀리에라 교장이 잉그리스의 편을 들어주었다.

돌아오자마자 목욕을 하자고 제안한 것이 바로 밀리에라 교장이었다.

"하지만…… 나 때문에 누군가가 다치는 건 싫어. 그러려고 하이랄 메나스가 된 게 아닌걸……."

"걱정하지 마세요. 또 같은 일이 일어나면 곧바로 결계를 펼쳐서 주변과 격리할 테니까요."

밀리에라 교장이 마인무구인 지팡이를 휙휙 휘두르며 말했다.

일부러 목욕탕까지 가지고 들어온 모양이었다.

밀리에라 교장은 어른 여성인 만큼 요염한 몸매를 지니고 있었다. 잉그리스는 눈을 둘 곳이 없어 난감할 따름이었다.

"그 틈에 잉그리스 양처럼 실력이 뛰어난 학생들이 마석수를 섬멸하면 됩니다. 아무도 다치게 하지 않겠어요."

"음……. 하지만 밀리에라가 없을 때는 어떻게 하려고? 계속 옆에 붙어 다닐 수도 없잖아?"

"지금 세오도어 씨가 똑같은 효과의 마인무구를 만들어 주시고 계세요. 부탁하는 김에 레오네 씨가 사용하실 마인무구도 만들어 달라고 했답니다!"

"와아! 고맙습니다!"

"모처럼 얻은 기회니까 받을 수 있는 건 받아야죠. 후후훗."

꽤 알뜰한 교장이었다.

그래도 결계용 마인무구는 확실히 몇 개쯤 마련해 두는 편이 좋아 보였다.

"몇 개의 조를 구성해서 교대로 리플 씨의 주변을 호위하게 할게요. 조금만 참으면 돼요. 휴가라도 나왔다고 생각하고 푹 쉬세요."

"그, 그렇게 속 편히 있을 수는 없어."

"괜찮아요. 저희, 엄청 열심히 할 거예요! 저희한테 무슨 일이 생기면 리플 씨가 슬퍼한다는 사실을 알고 있으니까요!"

첨벙! 라피니아가 물보라가 일 정도로 기세 좋게 몸을 일으켰다.

알몸이 고스란히 노출되었다. 보고 있는 잉그리스가 다 부끄러울 지경이었다.

"하지만 그건 그렇다 치고, 기왕 학교에 오셨으니 즐겁게 지내셨으면 해요. 리플 씨하고 친해지고 싶기도 하고요…….."

"리피니아……."

"그러니까 조금만…… 기운을 내주시면 안 될까요?"

"음…… 그렇네. 내가 침울해져 있으면 모두한테 민폐겠지? 고마워, 라피니아. 힘들겠지만 잘 부탁해."

리플은 그렇게 말하며 오랜만에 웃는 얼굴을 보여주었다.

"네!"

라피니아는 무척이나 기뻐 보였다.

밝고, 솔직하고, 매사에 겁이 없는 활발한 성격의 라피니아. 하지만 그런 라피니아에게 짜증을 느끼는 사람도 없지는 않을 것이다.

하지만 리플과 에리스는 라피니아를 받아들이고 이해해 주었다.

라피니아를 지켜보는 잉그리스로서는 고마울 따름이었다. 또 한편으로는 흐뭇하기도 했다.

"하지만, 라니. 몸은 좀 가리자. 여자애가 그럼 못써."

"괜찮아! 알몸을 마주하는 것은 마음을 마주하는 것! 그러니까 크리스도 얼른 보여줘!"

"히익?! 자, 잠깐만, 라니! 그만! 이상한 이유를 갖다 붙이지 마……!"

"괜찮아, 괜찮아! 자, 레오네도!"

"나, 나는 됐어. 둘이서 사이좋게 놀아!"

"혼자만 빠지려고? 그럴 수는 없지……!"

"꺄악?! 라, 라피니아! 이러는 걸 알면 세오도어 특사가 실망할 걸! 기껏 라피니아를 좋게 봐주셨는데……!"

"어……? 그, 그런가?"

"당연하지. 분명 상스러운 애라고 생각할 거야."

"으, 으음……. 그럼 그만둘까."

"안 돼, 라니! 자, 얼마든지 보고 만져도 되니까 허튼 생각은 하지 마……!"

리플은 그런 세 사람의 모습을 바라보며 미소 지었다.

"젊은 애들은 귀엽구나. 즐거워 보여."

"그렇네요. 보고 있는 저까지 기운이 나네요."

"아하핫. 밀리에라도 나이를 먹었구나? 그런 감상도 내뱉을 줄 알고."

"으……! 평소에 이래저래 고생이 많다 보니……. 아뇨! 그래도 마음만은 여전히 10대예요!"

"마음은 그렇다 치고, 겉모습은 예쁜 어른이 다 됐는걸? 하이랄 메나스는 전혀 변하질 않으니까, 주변 사람들이 성장해 나가는 모습을 보다 보면 부러울 때가 있어."

"……아까도 말씀드렸지만, 저희에게 전부 맡기고 휴식을 취한다는 마음으로 지내 주세요. 지금의 기사 아카데미에는 저 아이들에게 뒤지지 않는 우수한 학생이 여럿 있어요. 오랜만에 가르치는 맛이 난다니까요!"

"그거 멋지군요. 어느 분인가요? 상급생인가요? 합동 훈련을 할 예정은 없나요?"

"와앗……?! 잉그리스는 여전히 이런 이야기에 귀신같이 달려드는구나."

"네. 더욱 강해지기 위해서는 더욱 강한 상대와 싸우는 게 중요하거든요."

"아, 안 돼요, 잉그리스 씨. 지금은 상황이 상황이잖아요. 학생들

간의 모의전은 금지하겠어요. 다치기라도 하면 큰일이니까요."

"네……?! 그럴 수가……!"

"크리스도 참. 마석수하고 실컷 싸우면 되잖아."

"하지만 라니, 전투 경험은 많으면 많을수록 좋은 거야. 그게 다 성장으로 이어지니까. 인생은 짧아. 느긋하게 살다가는 분명히 미련이 남을걸."

"무슨 소리야, 당장 내일이라도 죽을 것 같은 사람처럼. 서두르지 않아도 선배들은 어디 안 가. 그러니까 참아."

"으……."

라피니아는 어이가 없다는 듯이 말했지만, 인생의 마지막 순간에 직면하면 '만약 이랬더라면', '만약 저랬더라면' 하는 생각이 꼬리에 꼬리를 물고 피어오르는 법이다. 잉그리스는 그것을 몸소 경험했다.

그러므로 하고 싶은 것이 있다면 철저하게 파고들어야 했다. 미련이 남지 않도록.

"아하하. 잉그리스의 성격은 보면 볼수록 대단하네. 입만 다물고 있으면 엄청 귀여운 아이인데 말이야. 봐, 벌레 한 마리 못 죽일 것처럼 얌전하게 생겼잖아."

"별말씀을. 고맙습니다."

"칭찬한 거 아니야, 크리스……."

"귀엽다고 하셨는걸."

"그것만 들은 거야?!"

"하지만 성격을 바꿀 수도 없는 노릇이잖아. 긍정적으로 생각하는 수밖에."

"그래도 조금만 바꿔주면 좋으련만⋯⋯."

"힘들 것 같아."

"힘들 것 같네."

잉그리스와 라피니아가 동시에 말했다.

"⋯⋯하아, 하긴. 크리스는 세상이 뒤집혀도 크리스인걸."

"맞아. 포기해."

"크리스하고 라피니아는 정말로 사이가 좋구나. 뭐, 학생들 간의 모의전이 안 된다면 내가 상대해 줘도 괜찮긴 한데."

"정말인가요?! 고맙습니다! 그럼 지금 바로 시작하죠! 어디서 싸울까요?! 저는 여기서도 상관없어요!"

잉그리스가 물보라를 일으키며 벌떡 일어났다. 그 얼굴은 기대감으로 가득 차 있었다.

"지, 지금 바로는 안 돼. 밀리에라한테 이것저것 검사를 받은 다음에 움직여도 된다는 허락이 떨어지면 그때 하자."

"크리스, 좀 가려! 다 보이잖아. 상스럽게!"

"⋯⋯후우. 이 애들이랑 있으면 질리지 않네."

레오네의 한숨 섞인 중얼거림이 목욕탕에 울려 퍼졌다.

왕성에 추락할 뻔한 전함을 막아낸 다음 날.

레오네는 이삿짐을 옮기고 있었다.

리제롯테와 함께 배정받았던 원래 방으로 돌아가기 위해서였다.

"됐다. 이걸로 전부야."

짐을 전부 옮긴 레오네가 후우, 하고 숨을 내쉬었다.

"새삼스럽지만 잘 부탁드려요. 그런데 레오네는 짐이 적은 편이군요?"

리제롯테가 고개를 갸웃했다.

"응. 딱히 가지고 올 만한 게 없었거든."

레오네의 짐은 커다란 여행 가방에 다 들어갈 정도밖에 되지 않았다.

의류와 서적이 대부분이었고, 집에서 가져온 물건은 거의 없었다.

커다란 귀족 가문은 추억이 담긴 물건이나 중요한 물건일수록 가문의 문장이 새겨져 있는 경우가 많다.

그러나 현재 오르파 가문은 배신자 집안이라고 손가락질을 받는 상황. 문장이 새겨진 물건을 가져오기가 꺼려질 수밖에 없었다. 그마저도 대부분 처분해 버린 상태였다.

"반대로 리제롯테는 잔뜩이구나…… 하하하."

방에 있던 가구 전부가 아르시아가의 문장이 새겨진 가구로 바꿰어 있었다.

원래 있던 가구들은 도대체 다 어디에 치웠을까.

"여기 있던 가구가 하나같이 너무 수수하더라고요. 그래서 교장 선생님께 허락을 받아서 싹 갈아치웠어요."

그녀의 말대로 기존의 수수한 분위기는 흔적도 없이 사라지고, 호화로운 장식품들이 번쩍거리고 있었다.

도저히 학생이 쓰는 방 같지가 않았다.

"레오네는 저기 있는 옷장과 책상을 사용해 주세요. 집에서 사용하던 것들이라 죄송하지만요."

"아, 아냐. 잘 쓸게. 고마워."

옷장과 책상은 새하얗게 칠 된 것도 모자라 금장식까지 되어있었다.

아르시아 가문의 문장도 떡하니 새겨져 있었다.

레오네는 가문의 문장을 당당히 과시할 수 있다는 게 살짝 부러웠다.

그런 생각을 하면서 가져온 옷들을 옷장 안에 수납하기 시작하는 레오네.

"도와드릴게요. 빨리 끝내고 함께 차라도 마셔요."

방 안에는 고급스러운 백자 티 세트까지 완비되어 있었다.

"어? 굳이 도와주지 않아도 괜찮아."

"사양 마세요. 어떤 옷을 가지고 계시는지 관심도 있고요."

"본다고 딱히 재밌는 것도 없을걸?"

"그렇지 않아요. 어디 보자. 레오네의 옷은 전부 목둘레가 크게 벌어져 있네요. 저는 부끄러워서 차마 못 입겠던데, 레오네는 의외로 대담하시군요……. 성격은 모범생 같은데."

"오, 오해야. 오히려 목둘레가 벌어진 옷이 아니면 갑갑해서 입을 수가 없어……."

시중의 옷들은 레오네에게 맞춰 제작된 의상이 아니었다.

그래서 웬만한 옷들은 가슴이 꽉 껴서 들어가질 않았다.

즉, 목둘레가 벌어진 옷 외에는 선택지가 없었다.

잉그리스라면 레오네의 고민을 이해할 수 있을 터였다.

"과연. 그런 고민이 있었군요. 단순히 수치심이 없으신 줄로만……."

"나도 있어! 수치심!"

그렇게 이야기를 나누는 사이 옷과 책의 수납이 끝났다.

"됐다. 끝났네. 도와줘서 고마워."

레오네는 짧게 숨을 토한 뒤 책상 의자에 걸터앉았다.

"이걸 잊어버리셨네요."

탁. 리제롯테가 레오네의 책상에 작은 액자를 올려놓았다.

레오네를 비롯한 오르파 가문의 가족들이 그려진 탁상용 초상화였다.

부모님, 레온, 레오네가 나란히 서 있었다. 아직 행복하던 시절의 가족 그림이었다.

레오네의 가방에 들어 있었지만 차마 꺼내놓지 못했던 물건이었다.

"아, 그건……."

"괜찮아요. 저밖에 볼 사람도 없는걸요."

"고마워……."

리제롯테의 배려가 가슴에 스며들었다.

잘해나갈 수 있을지 조금 불안했지만, 분명 괜찮을 것이다. 그런 생각이 들었다.

"그럼 차를 끓일까요."

"나도 도울게."

리제롯테는 귀하게 자랐는지 차를 타는 솜씨가 서툴렀다.

레오네가 도와주자 그럭저럭 순조롭게 진행이 되었다.

"꽤 익숙하시네요?"

"응. 집안일은 대충 다 혼자서 할 수 있게 됐거든."

레온이 혈철쇄 여단으로 전향하고, 사람들이 하나둘 떠나가는 바람에 레오네는 혼자서 생활해야 했다. 덕분에 여러 가지로 능숙해질 수밖에 없었다.

준비를 마친 뒤, 자리에 앉아 차를 한 모금 들이켜는 두 사람.

"……맛있다. 좋은 차구나, 이거."

"네. 마음에 드셨다니 다행이에요."

잉그리스나 라피니아와 떠들썩하게 지내는 것도 좋지만 이렇게 우아한 한때도 나쁘지 않았다.

"무례한 질문일지도 모르겠지만, 어째서 지위와 명예를 다 가진 성기사님께서 나라를 배신해 혈철쇄 여단 같은 곳으로 들어가신 건가요? 저는 도저히 이해가 안 돼요."

리제롯테가 오르파 가문의 초상화를 쳐다보며 말했다.

"……나도 정확히는 몰라. 잉그리스와 라피니아 말로는 하이랜더의 행태를 보고 정나미가 떨어졌다고 했다나 봐."

"……확실히 하이랜더 중에는 횡포를 저지르는 분이 많다고 들었어요."

"응. 그런 상황을 여러 번 목격한 끝에 인내심이 한계에 다다른 게 아닌가 싶어."

"……상냥한 분이셨나요?"

"……단순히 마음이 약했던 걸지도 몰라. 라파엘 님도 상냥하기는 마찬가지지만, 레온 오라버니와 같은 광경을 보고도 성기사로서 책무를 다하고 있는걸."

"……."

"저번에 잉그리스가 그랬어. 성기사와 하이랄 메나스는 이 나라와 사람들을 지킨다는 사명을 짊어진 마지막 희망이라고. 하지만 하이랜더의 횡포를 보고도 눈을 감을 수밖에 없는 현실은 그들의 사명과 모순되는 것이라고. 그리고 이렇게도 말했어. 횡포를 보고 지나치지 못하는 것을 과연 약하다고 말할 수 있는 걸까, 라고. 어쩌면 오히려 강함일지도 모른다고."

모순된 사명에 견디지 못했으니 약하다고 말할 수 있을 것이고, 또 반대로 악행을 악행이라 외치며 저항했으니 강하다고 말할 수도 있을 것이다.

"그런가요. 그럴지도 모르겠군요……."

"……나는 약함이라고 생각해. 그러니 나는 기사가 되어서 오라버니를 막을 거야. 내 손으로 매듭을 짓지 않으면 오르파 가문의 오명은 씻기지 않을 테니까. 난 그러기 위해서 이곳에 왔어."

"저도 찬성이에요. 사명은 끝까지 완수해야 하기에 사명이라 불리는 것이니까요. 저도 가능한 한 협력해 드릴게요."

"고마워……!"

"그런데, 잉그리스 씨는 약함과 강함 중에 어느 쪽이라고 말했나요?"

"……자기는 어느 쪽이든 상관없대."

잉그리스가 말하길 무엇을 고르든 전투 능력의 향상으로 이어지지는 않는다는 모양이었다.

굳이 말하면 어느 쪽이라고 생각해? 라고 물고 늘어지자 "라니한테 맡길래"라고 대답했다.

"……이, 이상한 분이네요."

"뭐, 잉그리스답기는 하지만……."

"그건 그렇네요……. 예쁘기도 하고요."

"맞아. 생긴 건 그렇게 예쁘면서 정말로 싸우는 데밖에 흥미가 없다니까."

그 외에 다른 일들은 알고도 일부러 무시하는 것처럼 보였다.

태도가 시원스러울 정도로 한결같다 보니 미워할 수도 없었다.

"저…… 있잖아, 리제롯테. 한 가지 부탁하고 싶은 게 있는데……."

"네? 뭔가요?"

"밤에 조금 시끄러울지도 모르거든……. 못 들은 척 넘어가 줬으면 좋겠어."

레오네는 리제롯테에게 그렇게 부탁했다.

보름달 아래, 왕도의 밤거리는 조용히 잠들어 있었다.

레오네는 비교적 높은 상점 지붕에 올라가 주변을 둘러보았다.

"……저한테 그런 부탁을 한 이유가 바로 이거였군요. 무단 외출은 교칙 위반이에요."

그렇게 말하면서도 따라왔으니 리제롯테도 공범이 된 셈이었다.

"그걸 아는 사람이 왜 굳이 따라왔어?"

"어머나, 제가 도와드린 덕분에 쉽게 빠져나왔잖아요?"

리제롯테의 마인무구는 순백의 날개를 만들어 하늘을 날 수 있다.

"확실히 도움이 되기는 했지만……."

"밖으로 나와서 뭘 하시려고요?"

"잉그리스가 골목에서 레온 오라버니를 마주쳤다고 말했거든. 어쩌면 아직 잠복하고 있을지도 모르잖아? 굳이 오라버니가 아니더라도 혈철쇄 여단의 구성원이 무슨 짓을 벌이고 있을지도 몰라. 그래서 찾아볼까 하고."

며칠 전의 사건에서 혈철쇄 여단은 특사 문테에게 프리즘 파우더를 타 먹였다. 그리고 현장을 습격하기까지 했다.

왕도 어딘가에 관계자가 숨어있을지도 모를 일이었다.

설령 레온이 아니더라도 단서가 될 수는 있다.

"이렇게나 넓은 왕도 한복판에서요? 사막에서 바늘 찾기 같은데요."

"괜찮아. 내가 지금 할 수 있는 일을 하고 싶어. 지붕 위를 뛰어다니는 것도 좋은 훈련이 되고."

"아직도 부족해요? 종일 실컷 했잖아요."

"잉그리스를 본받아 보려고. 그 애는 틈만 나면 훈련을 하거든. 성기사인 레온 오라버니를 멈추려면 한참 더 강해져야 해. 그러니 이것도 훈련으로 삼으려고. 자, 출발할게!"

레오네는 밟고 있던 옥상에서 건너편 옥상으로 가볍게 도약했다.

"기왕 나왔으니 저도 어울려 볼까요!"

리제롯테도 기프트를 사용하지 않고 자신의 다리로 레오네를 쫓았다.

이리하여 훈련을 겸해 밤거리를 순찰하는 나날이 시작되었다.

리제롯테도 매일은 아니지만, 종종 동행해 주었다.

그러던 어느 날.

"⋯⋯오늘은 뭔가 있을지도 모르겠는걸."

훈련을 마친 깊은 밤. 레오네는 창문 밖을 바라보며 심각한 표정을 지었다.

빗소리가 들렸다. 하늘에 드리운 비구름이 어렴풋이 반짝이고 있었다.

단순한 비가 아니라 프리즘 플로라는 의미였다.

"레오네, 설마 가려고요? 아무리 프리즘 플로가 인간에게 효과가 없다지만, 굳이 나서서 맞는 건 피하는 게 좋을 거 같은데요?"

"기사가 되면 그런 불평도 못 해. 프리즘 플로가 내릴 때가 가장 위험할 때잖아. 그동안 기사들은 바깥에 나가서 사람들을 지켜야 하지."

"⋯⋯그건 그렇네요. 좋은 예행 연습이 되겠어요."

"맞아. 그럼 출발할까!"

두 사람은 리제롯테의 기프트를 이용해 프리즘 플로가 내리는 거리로 나갔다.

이미 수많은 기사단의 기사들이 마을에서 경계를 펼치고 있었다.

마석수가 나타나면 곧바로 응전할 태세였다.

"이렇게 기사들이 많으면 혈철쇄 여단은 숨어서 나오지도 못하겠네."

"어떻게 할까요? 돌아갈래요?"

"아니, 저쪽……! 마석수가 나타났는데 아직 아무도 발견하지 못했어!"

짐승형 마석수가 몇 마리 출몰해 있었다. 들개가 마석수화한 모양이었다.

장소는 왕도의 외각. 허름한 집들이 늘어서 있는, 이른바 슬럼이었다.

기사단의 감시가 닿기 힘든 곳이었다.

"일단 가보죠!"

"응!"

리제롯테가 날개를 이용해 전속력으로 날아갔다. 덕분에 눈 깜짝할 사이에 마석수들의 위쪽에 도착할 수 있었다.

"내릴게!"

레오네는 리제롯테의 손을 놓고 뛰어내렸다.

공중에서 대검을 거꾸로 거머쥐고 수직으로 내리찍는 자세를 취하는 레오네.

기존에 사용하고 있던 레오네의 검은색 대검은 저번 사건으로 부서지고 말았다.

그래서 지금은 밀리에라 교장에게 빌린 중급 마인무구를 사용하고 있었다. 도신은 검은색 대신 연한 하늘색으로 빛나고 있었다.

전보다 위력은 부족한 편이지만, 이 높이에서 뛰어내리면……!

하지만 레오네가 마석수에게 검을 꽂아 넣기 직전에 이변이 일어났다.

마석수의 거대한 몸이 갑자기 찌부러지더니 뭔가에 치인 듯 튕겨 나갔다.

콰아아아아앙!

마석수는 굉음과 함께 엄청난 기세로 날아가 버렸다.

표적을 잃은 레오네의 칼끝이 새롭게 뛰어든 인물에게로 향했다.

인물의 정체는 달빛처럼 새하얀 머리카락을 지닌…….

"잉그리스?! 위, 위험해애앳!"

덥석!

잉그리스는 머리 위에서 떨어지는 레오네의 대검을 두 손바닥으로 합장하듯 잡아냈다.

"아, 레오네. 우연이네."

잉그리스가 아무 일도 없었다는 듯이 빙그레 웃으며 말했다.

"이걸 잡다니…… 정말이지 터무니없는 애라니까."

레오네의 위에서 뛰어내리며 내지른 검을 손쉽게 받아내다니.

분하기도 했지만, 그녀의 강함은 좋은 본보기가 되었다.

"그런가?"

"그렇대도. 그래서? 마석수랑 싸우려고 온 거야?"

"응. 실전을 경험할 귀중한 기회인걸. 프리즘 플로가 내리는데 가만히 있을 수는 없잖아."

잉그리스의 눈은 반짝반짝 빛나고 있었다. 즐거워 보였다.

"크리스으으으으! 나 참, 혼자서 가버리면 어떡해!"

"아, 라니. 여기야."

"어느새 떠들썩해졌네요. 하지만 마석수는 아직 많이 남아있어요!"

"잉그리스, 라피니아, 리제롯테! 각자 나눠서 쓰러트리자!"

레오네는 그렇게 외치며 감회에 빠졌다.

이곳에 자신을 이해해 주는 친구가 세 명이나 생겼다.

듬직했다. 아르멘 마을에서 혼자 싸우던 시절에는 상상도 하지 못했던 일이다.

"응."

"알았어!"

"알겠어요!"

세 사람의 대답을 확인한 뒤, 레오네는 근처에 있던 마석수에게 검을 향했다.

"일단 저 녀석은 내가……!"

레오네는 거대한 짐승형 마석수의 밑으로 순식간에 파고들어 목을 찔렀다.

촤아아아악!

마석수의 목에 꽂힌 레오네의 대검이 그대로 목 뒤까지 뚫고 나갔다.

"아직 멀었어!"

이번에는 대검을 있는 힘껏 휘둘러 마석수의 목을 완전히 절단해 버렸다.

"제법인걸, 레오네."

"중급 마인무구로도 실력만 좋으면 문제없구나!"

"훌륭한 솜씨예요!"

다른 동료들이 레오네에게 한마디씩 건네며 산개했다.

레오네는 다시금 생각했다. 기사 아카데미에 들어오길 잘했다고.

이 아이들과 함께라면 더욱 성장할 수 있다.

레온을 멈출 수 있을 정도로 강해지는 것도 꿈이 아니었다.

그날 밤, 레오네와 친구들의 활약이 도움이 되었는지 프리즘 플로의 피해는 최소한으로 억누를 수가 있었다.

교칙을 어기고 밖으로 나간 사실이 교장에게 발각되어 잔소리를 듣고 말았지만.

후기

먼저, 이 책을 읽어 주셔서 진심으로 감사드립니다.

영웅왕, 극한의 무를 위해 전생하다 ~그리고 세계 최강의 견습 기사가 되다 우~ 2권이 이렇게 마무리가 되었습니다. 어떠셨는지요? 재밌게 읽으셨다면 다행입니다.

현재 쿠로무라 모토 작가님께서 만화판을 연재하고 계십니다만, 여러분도 읽어 보셨는지 모르겠군요.

아직 못 본 분들은 꼭 읽어 보시길 바랍니다. 굉장히 퀄리티가 높아서 꼭 추천해 드리고 싶습니다.

1화를 읽어 본 감상은 "만화판이 더 재밌네……"였습니다. 그리고 다음 화도 읽어봤습니다만, 감상은 역시 "만화판이 더 재밌네……"였습니다.

시각적으로 보니 훨씬 더 이해하기 쉽더군요. 캐릭터도 귀엽고요.

이번 작품에서 주인공을 미소녀로 정한 이유는 '이런 사고방식, 성격, 행동을 취하는 주인공이 귀여운 미소녀가 아니면 큰일 나겠지'라고 생각했기 때문입니다. 비주얼적인 면은 처음부터 별로 의식하지 않았습니다.

하지만 이 결정에는 만화판이 빛을 발한다는 커다란 장점이 숨겨져 있었습니다.

만화로 그리면 멋지리라 판단했기 때문에 출판사 쪽에서 서적화와 만화화를 동시에 진행했나 싶기도 합니다.

다음에 새로운 작품을 쓸 때는 만화로 만들어질 것을 염두에 두고 구상해 보고 싶네요.

그렇게 하면 컨텐츠의 수명이 길어질 것 같기도 하고 말이죠.

이야기가 탈선하고 말았습니다만, 소설도 만화판에 지지 않도록 분발하고자 합니다.

서로 좋은 영향을 주고받으며 상승효과를 노린다면 저의 최장 시리즈 권수를 갱신할 수 있을지도 모릅니다!

지금까지 가장 오래 연재한 시리즈가 6권이었으므로 7권을 목표로!

앞으로도 열심히 하겠습니다. 부디 잘 부탁드립니다.

마지막으로 담당 편집자이신 N 님, 일러스트를 담당해 주신 Nagu 님, 그 외에 각 관계자분들. 많은 도움을 주셔서 감사드립니다.

그럼 저는 이쯤에서 물러나도록 하겠습니다.

그러던 와중, 아카데미에서 유일하게 특급 마인을 가진 청년이나 파격적인 실력을 갖추고 있지만, 의욕 없어 보이는 종기사학과의 여학생과 가까워지게 되는데……

"오오, 강해 보이는걸. 싸워보고 싶다……."

잉그리스는 언제나처럼 강해질 생각뿐 ——?!

영웅왕,
극한의 무를 위해 전생하다
그리고 세계 최강의 견습 기사가 되다♀

Eiyu-oh,
Bu wo Kiwameru tame
Tensei su.
Soshite, Sekai Saikyou no
Minarai Kisi "우".

3

전생 미소녀 잉그리스
하이랄 메나스 리플의
호위로 취임!

마석수의 소환 매개체가 되어버린 리플을 보호하기 위해
새로운 생활을 시작하게 된 잉그리스 일행.

Eiyu-oh, Bu wo Kiwameru tame Tensei su. Soshite, Sekai Saikyou no Minarai Kisi "우". 2
©Hayaken
Originally published in Japan in 2020 by HOBBY JAPAN CO., Ltd.
Korean translation rights ©2020 by Somy Media, Inc.

영웅왕, 극한의 무를 위해 전생하다 ～그리고 세계 최강의 견습 기사가 되다～ 2

2020년 10월 15일 1판 1쇄 발행
2021년 8월 15일 1판 2쇄 발행

저   자 하야켄
일 러 스 트 Nagu
옮 긴 이 마일도
발 행 인 유재옥
본 부 장 조병권
편집 1팀 박소연 이준환
편집 2팀 박치우 정영길 조찬희 조현진
편집 3팀 곽혜민 오준영 이해빈
라 이 츠 한주원
디 지 털 박상섭 이성호 최서윤
미   술 김보라 서정원
발 행 처 ㈜소미미디어
등   록 제2015-000008호
주   소 서울시 마포구 토정로 222, 403호 (신수동, 한국출판콘텐츠센터)
판   매 ㈜소미미디어
제 작 처 코리아피앤피
판   매 ㈜소미미디어
마 케 팅 최정연 한민지
전   화 (02)567-3388, Fax (02)322-7665

ISBN 979-11-6611-153-2
ISBN 979-11-6507-980-2 (세트)